HÉSIODE ÉDITIONS

MAURICE BARRÈS

Un jardin sur l'Oronte

Hésiode éditions

© Hésiode éditions.

1 rue Honoré - 93500 Pantin.
ISBN 978-2-493135-51-3
Dépôt légal : Septembre 2022

Impression Books on Demand GmbH

In de Tarpen 42
22848 Norderstedt, Allemagne

Un jardin sur l'Oronte

À la fin d'une brûlante journée de juin 1914, j'étais assis au bord de l'Oronte dans un petit café de l'antique Hamah, en Syrie. Les roues ruisselantes qui tournent, jour et nuit, au fil du fleuve pour en élever l'eau bienfaisante, remplissaient le ciel de leur gémissement, et un jeune savant me lisait dans un manuscrit arabe une histoire d'amour et de religion… Ce sont de ces heures divines qui demeurent au fond de notre mémoire comme un trésor pour nous enchanter.

Pourquoi me trouvais-je ce jour-là dans cette ville mystérieuse et si sèche d'Hamah, où le vent du désert soulève en tourbillons la poussière des Croisés, des Séleucides, des Assyriens, des Juifs et des lointains Phéniciens ? J'y attendais que fût organisée une petite caravane avec laquelle j'allais parcourir les monts Ansariehs, pour rechercher dans leurs vieux donjons les descendants des fameux Haschischins. Et ce jeune savant, un Irlandais, chargé par le British Museum des fouilles de Djerablous sur l'Euphrate, une heureuse fortune venait de me le faire rencontrer qui flânait comme moi dans les ruelles du bazar.

Deux Européens perdus au milieu de ces maisons aveugles et muettes, sous un soleil torride, ont tôt fait de s'associer. C'était d'ailleurs, cet Irlandais, un de ces hommes d'imagination improvisatrice qui savent animer chaque minute de la vie et chez qui l'effroyable chaleur de l'été syrien développe cette sorte de poésie qui vient du frémissement des nerfs à nu, une poésie d'écorché vif. Après avoir parcouru la ville et poussé jusqu'aux jardins, qui la prolongent durant quelque cent mètres sur le fleuve, nous avions vu tout et rien. Quel esprit se cache dans Hamah ? À quoi songent ces Syriens ? On voudrait comprendre, on voudrait apercevoir dans ce décor monotone, au cœur de ces petites maisons, toutes pareilles et toutes fermées, plus que des intérieurs de patios, des intérieurs d'âmes.

– Ne pensez-vous pas, me dit l'Irlandais, que le mieux serait maintenant que nous cherchions des antiquités ?

Un indigène nous conduisit devant une porte qu'il heurta d'une suite de coups convenus, et après quelques pourparlers et les cinq minutes qu'il fallut pour que les femmes se retirassent, nous fûmes introduits dans un divan, où, le café servi, un juif nous montra ses trésors : deux ou trois bustes funéraires de Palmyre, qu'il débarrassa des linges qui les enveloppaient comme les bandelettes d'une momie, des monnaies d'or et d'argent à l'effigie des empereurs syriens, et un manuscrit arabe.

– Le manuscrit, me dit l'Irlandais, après un examen rapide, est d'une écriture médiocre, mais à première vue il me semble très curieux. Il pourrait être d'un de ces métis d'Occidentaux et d'indigènes que les Croisés appelaient, ici, des Poulains et, en Grèce, des Gasmules. Les Poulains (d'où vient ce nom, je l'ignore) étaient les produits de père franc et de mère syrienne, ou de père syrien et de mère franque. Leurs écrits sont rares, et, comme vous pensez, d'un esprit plutôt singulier.

Il est vraisemblable que l'auteur de la Chronique grecque de Morée était un Gasmule, et le récit que voici peut provenir de quelque Poulain appartenant à la maison d'un baron à qui le rattachait sa naissance et qu'il servait comme interprète pour les langues orientales.

C'était une heureuse trouvaille. Mon compagnon acheta les précieux feuillets, je choisis une pièce d'or d'Héliogabale où figure la pierre noire qu'adorait ce jeune dément, et nous allâmes nous asseoir au petit café sous les peupliers de l'Oronte.

Quelques Arabes commençaient d'y arriver, car le soleil descendait sur l'horizon, et déjà les colombes et les hirondelles ouvraient leurs grands vols du soir. Mon savant se plongea dans l'examen de son grimoire, et moi, sous les beaux arbres, – pareils aux arbres de chez nous, mais qu'ici l'on bénit de daigner exister et fraîchir à la brise, – en face de cette eau de salut et devant ces humbles roues de moulin élevées à la dignité de poèmes vivants, je goûtai la volupté de ces vieilles oasis d'Asie, accordées invinciblement avec les pulsations secrètes de notre âme. Inexplicable nostalgie ! À quel génie s'adressent les inquiétudes que fait lever dans notre conscience un décor si pauvre et si fort ? Qu'est-ce que j'aime en Syrie et qu'y veux-je rejoindre ? Je crois que j'y respire, par-dessus les quatre fleuves, un souvenir des délices du jardin que nous ferma jadis l'épée flamboyante des Keroubs.

– Oui, vraiment, une histoire curieuse, dit l'Irlandais, au bout d'une heure qu'il avait passée sans lever le nez de dessus son texte, et d'autant plus intéressante pour nous qu'elle se déroule dans la région. Avez-vous vu sur l'Oronte, en venant d'Homs et non loin du village de Restan, les ruines d'un château et d'un monastère ? Certaines cartes les indiquent sous le nom de Qalaat-el-Abidin, la forteresse des adorateurs. C'est là que vivait au treizième siècle (j'avoue que je viens de l'apprendre) un de ces roitelets voluptueux et lettrés, innombrables dans les annales du monde musulman, qui passaient leur vie au milieu de leurs femmes à écouter des vers et de la musique et à discuter sur des nuances grammaticales ou sentimentales, en attendant que pour finir, soudain, ils disparussent dans un coup de vent comme meurent les roses.

– Bravo ! lui dis-je, voici du renfort. Hamah, cette après-midi, sous le soleil, était vide et sans âme. La nuit descend, faites-moi donc l'immense plaisir de la peupler et d'y appeler ce fou et ces folles pour qu'ils nous distraient.

– À vos ordres, me répondit-il en riant, et vous allez voir une rare collection de jeunes beautés arabes et persanes, toute une série de tulipes éclatantes au cœur noir. Mais faites attention que les Orientaux écrivent des annales plutôt que de l'histoire. Ils juxtaposent les faits sans les lier ni les organiser, et je ne vous avancerais guère en vous traduisant tel quel ce sommaire. Laissez-moi vous dire à mon aise, sans m'astreindre au mot à mot, comment je crois le comprendre, et rappelez-vous les vers de Saadi (peut-être les écrivait-il sur cette berge de l'Oronte) : « Le gémissement de la roue qui élève les eaux suffit pour donner l'ivresse à ceux qui savent goûter le breuvage mystique. Au bourdonnement d'une mouche qui vole, le souffi éperdu prend sa tête entre ses mains. L'ineffable concert ne se tait jamais dans le monde ; seulement l'oreille n'est pas toujours prête à l'entendre. »

– Allez, allez, mes oreilles et mon cœur sont prêts. On s'ennuie trop dans cette Hamah sans âme. Est-ce la peine d'y venir de si loin pour y manquer à ce point de musique ! Lisez-moi votre histoire d'or, d'argent et d'azur. Jamais vous n'aurez d'auditeur mieux disposé que je ne suis, ce soir, à goûter le concert de l'Asie.

Et voici ce que me conta, tard dans la nuit, ce jeune Irlandais, commentant très librement son texte… Croyez-vous qu'il m'ait mystifié et sous couleur d'adaptation conté une histoire de son cru ? Quelqu'un m'a dit qu'il y retrouvait des vers de poètes orientaux, qui n'étaient pas nés à l'époque où se passe ce drame, et, chose plus étrange, quelques lambeaux d'Euripide. Je ne sais que répondre. Ces Irlandais sont de prodigieux fabulistes, et je me rappelle comment Oscar Wilde, s'il avait un cercle à son goût, racontait avec des airs de magicien des histoires qu'il jurait exactes et qui étaient de purs mensonges. Eh bien ! le beau grief ! Qu'importe que mon compagnon ait relevé de sa fantaisie la sécheresse d'un vieux manuscrit ! Toute une nuit, j'ai vu grâce à lui voltiger sur l'Oronte un beau martin-pêcheur… Un oiseau bleu sous les étoiles, c'est impossible ? Pourtant mes yeux l'ont vu. Puissé-je l'amener tout vivant sous les vôtres !

I

Un jour l'Émir de Qalaat reçut une ambassade des chrétiens de Tripoli, désireux d'établir avec lui des rapports de bon voisinage. Il accueillit avec empressement ces porteurs du rameau vert, car il ne rêvait que de jouir en paix de ses richesses, de ses beaux jardins et de son harem, qui passait pour le mieux composé de l'Asie. À leur tête se trouvait un chevalier de vingt-quatre ans, sire Guillaume, plein de cœur, de franchise et d'élan, et qui, malgré sa jeunesse, avait été choisi pour cette mission, parce qu'il excellait dans l'art de bien dire, comme les fameux chevaliers-poètes, et qu'arrivé de France à seize ans, il s'était mis merveilleusement à parler l'arabe. Tout de suite il plut à l'Émir qui avait le goût de renouveler ses plaisirs en les étalant devant un étranger. Et bientôt ils ne se quittèrent plus.

L'Émir l'emmenait à la chasse au faucon, et le reste du temps le promenait dans ses jardins et ses palais, où le jeune chrétien admirait toutes choses avec un entrain inépuisable.

Les jardins de Qalaat étaient réputés parmi les plus beaux de la Syrie, dans un temps où les Arabes excellaient dans l'art d'exprimer avec de l'eau et des fleurs leurs rêveries indéfinies d'amour et de religion. On y voyait les fameuses roses de Tripoli, qui ont le cœur jaune, et celles d'Alexandrie, qui ont le cœur bleu. Au milieu de pelouses parfumées de lis, de cassis, de narcisses et de violettes, rafraîchies par des ruisseaux dérivés de l'Oronte, et ombragées de cédrats, d'amandiers, d'orangers et de pêchers en plein vent, étaient dispersés de légers kiosques, tous ornés de soies d'Antioche et de Perse, de verreries arabes et de porcelaines chinoises. Mais rien n'approchait des magnificences accumulées dans la forteresse.

Au milieu de ces merveilles, le jeune chevalier-poète riait et chantait toute la journée, et l'Émir aimait à le faire passer sous les fenêtres des kiosques où se tenaient ses femmes, afin qu'elles eussent l'amusement de voir un si curieux personnage. Elles l'admiraient et se gardaient bien de le dire. Mais lui, au bout de quelques semaines, il éprouva un certain vide. Quelque chose manquait à ces délices. Ces divans de soie semblaient dans l'attente d'une présence qui les animât. Quand il traversait les jardins, il voyait sur le sable des empreintes très fines comme en laissent les gazelles, et des coussins parfumés épars sur les pelouses gardaient l'empreinte des corps charmants qui s'y étaient appuyés.

— Seigneur, c'est splendide, dit-il un matin à l'Émir, mais pour compléter ces magnificences ne faudrait-il pas un peu de fraîcheur, le chant d'une flûte, un rire joyeux, des cris, des larmes, la vie ?

– Quelle musique veux-tu que mes musiciens te jouent et quel vin désires-tu que je te fasse verser ?

– Je pense à une ivresse qui s'acquiert sans vin ni musiciens. Nous n'avons pas vos richesses, mais, dames et chevaliers, nous nous réunissons parfois pour entendre des histoires de guerre et d'amour. Dernièrement on nous a récité le merveilleux enchantement de Tristan et d'Iseult, et nous nous réjouissions à regarder de jeunes visages émus par les mêmes sentiments qui nous troublaient.

– Crois-tu, dit l'Émir, que je sois comme le paon qui étale au-dehors toutes ses richesses ? Mes tapis, mes pierreries, mon pouvoir même, qu'est-ce que tout cela, si je n'avais pas en secret quelque chose de plus beau ?

Ce soir-là, il pria Guillaume à souper dans la salle d'honneur de la forteresse. Tous deux seuls, ils étaient assis sur des tapis devant des plateaux qui portaient leur repas. L'air de la nuit circulait librement par les hautes et larges fenêtres et répandait une délicieuse fraîcheur en agitant une gerbe d'eau, jaillie d'un bassin de marbre au centre de la pièce. Les flammes dansantes des torches laissaient mal distinguer les figures de perroquets, de gazelles et de lièvres qui décoraient les frises, les poutres et les panneaux. Une profonde tribune sous laquelle ils étaient installés demeurait dans une complète obscurité.

Tandis que dans une pièce voisine les musiciens jouaient, l'Émir fit boire force vins à son compagnon, puis au moment qu'il crut favorable, leur ayant crié de se taire, il l'invita à lui raconter Tristan et Iseult.

Le jeune homme ne se fit pas prier. Il dit comment ces deux-là burent le philtre d'amour et s'aimèrent invinciblement à travers toutes les misères, et comment nous devons leur pardonner leurs fautes, parce qu'aucun de nous, jeune ou vieux, n'est sûr qu'il ne va pas rencontrer l'être dont il subira jusqu'à la mort la fascination. Il allait poursuivre de tout son élan, mais voici qu'ayant cru soudain entendre de légers bruits de soie froissée, il s'arrêta net et leva la tête vers la tribune obscure.

– Ce n'est rien, sire Guillaume, dit l'Émir ; ce sont les souris qui attendent la fin de notre repas pour en prendre les miettes. Continuez votre beau récit.

Guillaume continua, et puis de nouveau ayant entendu comme des chuchotements :

– Seigneur, dit-il, je crois que les souris de Qalaat aiment autant les histoires qu'aucun bon dîner.

Cette réflexion égaya beaucoup l'Émir. Il se livra à un accès d'un rire désordonné, en donnant de petits coups d'amitié avec le plat de la main sur l'épaule de Guillaume et lui demanda :

– Pourquoi, sire Guillaume, me quitter si rapidement ? Vos compagnons et mes conseillers viennent de s'entendre sur les termes du traité. Nous concluons une trêve de dix ans, dix mois, dix jours et dix heures. Plaise au ciel que j'en fasse autant avec le prince d'Antioche ! Restez donc avec nous quelque temps, puisque nous allons jouir de la paix.

– Seigneur, ce n'est pas seulement pour la guerre que je suis venu en Asie.

– Et pourquoi encore, sire Guillaume ?

– Pour quelque chose que m'a dit ma mère.

– Qu'est-ce donc ?

– Ma mère m'a raconté des histoires de ceux qui se sont aimés jusqu'à la mort, d'un amour si irrésistible qu'ils l'avaient éprouvé avant même de s'être rencontrés, et elle me disait : « Si j'étais un garçon, je m'en irais chercher à travers le monde le bonheur qui m'est destiné. » C'est ainsi que je suis venu près du tombeau du Christ. Je me suis croisé pour faire de grandes choses,

J'espérais voir des anges avant même que de mourir. Mais après huit années je pense qu'il y avait dans mon rêve de la démesure, et maintenant je veux rentrer dans mon pays, où ma mère n'est plus, avec l'idée de trouver au chevet de notre église, près de la rivière, l'ange ou la fée que m'a refusé l'Asie.

Cette chaleur d'extravagance plut à l'Émir, et il désira encore plus garder auprès de lui ce jeune homme qui lui excitait l'esprit.

Après un silence, il dit à Guillaume :

– Dans votre pays et d'après vos coutumes, si l'un de vous possède une jeune merveille, il la montre à ses amis ?

– Certainement ! Nous portons ses couleurs, et si nous voulons conquérir l'estime de tous, c'est pour lui faire honneur publiquement.

– Vous avez raison ! Si l'on entend un rossignol, on dit à son ami : « Écoute ! » Si l'on a dessiné et planté un beau jardin, on est content que d'autres l'admirent par-dessus le mur. Eh bien ! le chant de flûte que tu réclames, l'ivresse sans vin ni musiciens, tout cela je l'ai dans un de mes kiosques. Tu sais qu'une touffe de poil blanc au front d'un cheval dénote la pureté du sang et la finesse de la race : je possède cette jeune jument au front étoilé de blanc… Il ne faut pas que tu désespères de trouver ce que ta mère t'annonçait. Le paradis existe sur terre, et tu ne quitteras pas Qalaat sans avoir soupçonné ce que peuvent être les anges des nuits d'Asie.

Il disait ces folies à cause de cette mauvaise vanité qu'il avait de ne jouir des choses que si on l'enviait, et puis sous l'influence de la plus romanesque de ses femmes.

II

Le lendemain soir, l'Émir, quand la lune mettait son mystère sur les feuillages, conduisit Guillaume à travers les jardins, dont nul n'avait jamais obtenu l'entrée à ces heures de nuit. Les roses dormaient sur les rosiers et, près des roses, les rossignols, et dans les kiosques veillaient les sultanes. Ces minces petites lumières, le parfum des fleurs et le silence faisaient une si violente promesse de bonheur que l'on sentait qu'il allait éclater quelque enchantement.

Les deux hommes s'assirent sur des tapis, au-dessous d'un balcon obscur qu'enveloppaient de longues glycines. On entendit un bruissement de plantes et de soies froissées, puis une voix saisissante s'éleva :

« La rose, dans sa brève saison, se hausse par-dessus les clôtures, et le rossignol l'émerveille en lui racontant l'univers… Rose fortunée de courir le monde, en esprit, sur l'aile du rossignol ! Moi, j'ignore les voyages, les périls, l'étonnement, et si la rose tient ses couleurs des blessures du rossignol, nul cœur, devant moi, ne saigne. »

Il y eut un silence plein de ténèbres et de parfum, et puis la voix reprit :

« Les fleurs ont-elles vécu avant que le maître ait passé ? Dans les jardins déserts et sur les tapis éclatants, que de proie pour la douleur et pour l'amour ! »

Quand la musulmane chantait, les paroles, pourtant si tendres, faisaient la moindre importance de cet enchantement. Mais un cœur fier éclatait, une eau fraîche jaillissait, sur des mains brûlantes de fièvre. Elle murmurait des cris insensés qui enthousiasment le sang : « je suis vivante », ou bien « je suis reconnaissante », et les mots « jeunesse » et « mourir », et l'on était épouvanté de se sentir ravi d'une mortelle poésie. Après chaque strophe, elle avait une pause, un temps de rêverie, puis une sorte de gémissement, en notes vagues, et suspendait de se raconter pour qu'on suivît mieux son sillage, comme la fusée, à mi-route des étoiles, épanouit son cœur brûlant et retombe en gerbe de feu.

– Eh quoi ! se disait le jeune homme, serions-nous deux dans le monde ?

Ce n'était pas des confidences qu'elle murmurait, ce soir, aux étoiles. Ce n'était aucun appel, ces cadences caressantes, mais à ciel ouvert les états d'une conscience brûlant au fond du harem. Les mots mal discrets, sa voix les enveloppait d'un tendre mystère.

Jamais elle ne désignait tout droit un sentiment ; elle l'entourait, le dessinait, comme font les pas d'une danseuse, et le jetait de ses deux mains tout vif dans les âmes. Par cette chaude nuit violette, son chant soulevait des mousselines, lamées d'or et d'argent, pour découvrir, croyait-on, les heures secrètes d'une jeune femme, mais déjà il s'enfuyait, et sa confidence, toujours reprise et refusée, en mêlant à d'extrêmes douceurs des minutes d'irritation, blessait mortellement le cœur.

Sans lassitude, la Sarrasine, multipliant ses thèmes dans la nuit, égrena sur la roseraie le rosaire de ses nocturnes. À la fois chaste et brûlante, elle montait de la langueur au délire, pour redescendre au soupir, et parfois endolorie comme un papillon dans les mailles d'un filet, d'autres fois guerrière et prête à tuer, elle faisait jaillir du ciel et de la terre tout ce qu'ils peuvent contenir de pathétique voluptueux.

« Elle va mourir, pensait le jeune homme. On a vu des rossignols expirer dans leur cantilène. Comment une telle force ne brise-t-elle pas un gosier de femme ! Est-ce donc un monstre qui palpite sous ces glycines du balcon ? »

III

Cette soirée transforma le jeune homme. Ces palais, leurs richesses, leurs eaux fraîchissantes, leur éclat, qu'il avait jusqu'alors admirés d'un cœur assez atone, reçurent un sens de la volupté que la Sarrasine en pouvait ressentir, et dans ces jardins pleins d'ennui, les roses, les lis et les cyprès s'humanisèrent d'une espèce de parenté avec cette fée. De son côté l'Émir éprouva un renouveau de plaisir à constater sur cet étranger la puissance de sa merveille secrète, et quand Guillaume lui dit : « Seigneur, tandis que cette péri chantait, j'ai compris comment ceux qui meurent sans péché ne se lassent jamais des harpes du paradis », l'imprudent, touché de folie, se laissa aller à répondre :

– Ah ! si tu la voyais !

Une si folle exclamation prouve combien les mœurs de l'Islam s'étaient relâchées en Syrie, au voisinage des chrétiens. Mais l'on peut croire aussi que la Sarrasine avait manœuvré pour mettre une distraction dans la monotonie des heures du harem.

Guillaume essaya d'éviter une entrevue qu'il craignait et désirait. Certains mots de ce chant céleste étaient venus le blesser comme les coups d'une lance d'argent. « Chez ma mère et chez mes sœurs, qui ressemblaient à des religieuses, il y avait, se disait-il, quelque chose de cette douceur de voix et de ce ressort de l'âme, et dans mon église d'enfance les hymnes montaient parfois sous les voûtes avec cette véhémence, qui donne envie de mourir. Alors comment se fait-il que j'éprouve à l'idée de voir cette dame une sorte de crainte sacrée ? »

Il dut céder à son hôte et à la fatalité.

Une après-midi, Guillaume, sous les arcades d'une cour intérieure, attendit avec l'Émir que la Sarrasine parût. Il eût voulu, agenouillé dans l'ombre, et sa figure dans les mains, admirer sans être vu ce cantique vivant. Enfin, il y eut, sur les dalles, le piétinement d'un groupe de femmes, et les tentures écartées, l'ange du désir apparut à visage découvert. Ce fut comme si l'on étalait à nu devant le jeune homme les secrets de son propre cœur. La figure de cette élue, ainsi qu'avait fait son chant, le révéla à lui-même, et le conduisit aux sources de sa vie : il crut voir paraître, avec des visages de beauté et de bonté, toute la suite de femmes dont il était issu et les étoiles que ses plus secrets désirs appelaient.

– C'est ma sœur du ciel, se dit-il, et je l'aurais aimée avec une plaie sur la joue.

Ses voiles étaient brodés de grandes glycines et son écharpe peinte. Son visage et tout son être exprimaient la même mélodie que son chant, sans doute la musique d'une âme faite d'amour et de grâce, et dont la flamme immortelle jaillissait de ses grands yeux. Ses petits seins et tout son corps se dessinaient sous une tunique d'azur et de cramoisi, dans un gilet d'or, boutonné par de grosses perles, au-dessus d'une ceinture de gaze, et de larges pantalons de soie orange serraient sa cheville où jouait un anneau d'or.

Elle répandait autour d'elle une joie étincelante, aussitôt suivie du mélancolique sentiment que nulle minute ne peut être fixée. Et par ce chemin de tristesse on pénétrait jusqu'aux mondes qu'elle portait dans son cœur. Mais comment le jeune chrétien se fût-il orienté dans ce ciel de lumière, quand il était submergé sous les songes d'amour et les désirs de mort ?

Il crut voir du fond de son rêve, le sang lui bourdonnant aux tempes et au cœur, l'Émir qui voulait qu'elle chantât, tandis qu'elle, debout, les yeux baissés et semblant fermer ses paupières sur une image frémissante, restait plusieurs minutes à répéter en esprit sa chanson pour elle seule. Il la contemplait. Elle assemblait ses forces et faisait le plein dans son cœur. On eût dit un aiglon qui va risquer son premier vol. Quelle présence de la jeunesse, de la beauté et de tout ce qu'il y a de pur dans le monde ! Son sourire d'azur et d'argent avait l'éclat de la mer, le matin, quand elle se brise au rivage du Liban. Deux femmes debout derrière elle semblaient prêtes à la retenir, soit qu'elle s'évanouît, soit qu'elle voulût regagner trop tôt le ciel des péris, et avec des mots de nourrice l'encourageaient, tandis qu'elle paraissait dire : « Je ne puis pas, vous voyez bien que je vais mourir ! » Et ses poignets, ses petites mains aux ongles roses avaient autant d'expression que son visage pour révéler la timidité de son âme. Enfin elle s'approcha, et, s'appuyant sur l'épaule de son maître, le pria sans paroles qu'il la dispensât de chanter.

L'Émir fut flatté de cette angoisse qu'elle éprouvait à paraître devant un étranger, et l'imprudent ne désira que davantage obtenir d'elle ce qu'il lui fallait pour l'instant ajourner. Quant au jeune chrétien, il songeait en lui-même : « L'inconnu qui pleure, à la tombée du soir, en écoutant le muezzin, est plus près de ce haut chanteur inconnu que ce musulman du cœur de cette femme qu'il prendra cette nuit dans ses bras. Sans illusion d'espoir, je veux qu'elle agisse sur mon âme et qu'elle y fasse prévaloir mes parties les meilleures. »

Il comprenait qu'il avait entendu un chant magique et pour la vie subi une toute-puissante fascination.

IV

L'Émir n'épuisait pas sa satisfaction de l'éblouissement du jeune chrétien :

– Songe, lui disait-il, aux milliers de roses qu'il fallut presser pour obtenir une goutte d'un tel parfum ! Ses mère et grand'-mère ont toujours vécu dans le sérail des rois ; si haut que la mémoire remonte, elle a pour aïeux les chefs qui commandaient à Damas, à Homs, à Hamah, et l'Asie ne peut rien fournir de mieux. C'est une réussite qu'après nous, plus jamais, aucun homme ne reverra. Mais de la roseraie où Allah fit cette vendange, une douzaine d'autres jeunes femmes que je possède exhalent le parfum. Je puis te les montrer. Écoute, reste avec nous, je t'en donnerai une à respirer.

Guillaume avoua qu'il ne pensait plus à partir.

Alors l'Émir l'embrassa et lui dit :

– Ami chrétien, rentre dans ta maison, et dès ce soir tu verras venir celle que l'on a choisie pour toi, une toute jeune beauté qui n'a pas encore éprouvé la vie, mais en qui la sagesse habite.

Guillaume ressentait bien quelque remords de laisser repartir ses compagnons et de demeurer en païennerie, mais sa mission était remplie, la paix signée. Chose étrange, sa foi n'avait jamais été plus vive que dans ce moment. « Voilà seulement, se disait-il, que je me fais une idée de ce que sont les anges. Il n'est rien de difficile que je ne sois prêt à exécuter pour prendre place dans la vie éternelle auprès de cette Sarrasinoise qui, j'ignore comment, ne peut pas manquer de mériter d'être sauvée. »

Il méditait ainsi, quand une chaise à porteurs s'arrêta devant sa maison et qu'un grand nègre en tira à bout de bras et lui porta jusque sur son divan une charmante fille, rieuse et courtoise, sans rien lui dire que :

– Isabelle, de la part de l'Émir.

Quand ils furent seuls, celle-ci lui fit son compliment :

– Dans le sérail, on m'appelle la savante. Je serai donc Isabelle, pour votre plaisir, – Isabelle la savante, pour vos plus hautes joies. Il m'est permis de vous l'avouer, c'est une meilleure que moi qui m'envoie. Celle dont je viens veut que ma voix, mon visage et mes complaisances vous servent, et qu'en les accueillant vous y trouviez un gage de sympathie. Je la quitte et je peux à chaque heure la rejoindre. Je pense que vous autoriserez qu'entre elle et moi jamais il n'y ait de secret, et vous ne direz pas que je vous ai trahi, si je lui confie nos propos, nos actions et lui donne un regard sur notre intimité.

– Mais d'elle, Isabelle, ne puis-je rien savoir ?

– Eh pourquoi donc, Seigneur ?

– Je pourrai l'entendre, la voir, m'avancer dans son amitié ?

– Elle en a le désir et en créera les moyens. Elle demande que vous lui soyez entièrement attaché d'esprit, et que vous laissiez tout autre soin que de lui plaire. Elle ne perdra pas de vue votre fortune et la conduira avec plus d'application que vous-même. Personne ne peut lui résister. C'est une abeille, petite et pleine de miel, qui vole avec un terrible aiguillon.

– Je crains de mal entendre et de m'égarer dans des ruses de filles cruelles qui se moquent d'un étranger.

– Votre crainte même, elle l'a prévue. Tout ce qui vous trouble, elle sait que vous êtes en train de me le dire. Elle m'a donné ses instructions. « Prends-le dans tes bras, m'a-t-elle commandé, et murmure-lui à l'oreille que nous avons modifié le proverbe. Le proverbe affirme qu'entre la coupe et les lèvres il y a la mort. Mais nous disons qu'entre la coupe et les lèvres, il y a Isabelle, – Isabelle qui vient passer avec toi des nuits de plaisir en causant de tes amours impossibles. »

V

Guillaume, tout rempli du chant et de la beauté de la Sarrasine, et qui ne pouvait penser à rien d'autre, questionnait chaque nuit Isabelle sans qu'elle se lassât de répondre.

Il craignait que les deux femmes ne le jugeassent mal.

– Vous trouvez peut-être déplaisant, lui disait-il, que je laisse ainsi repartir les miens et que je demeure dans Qalaat où je suis un étranger ? J'ai peur que votre reine ne me croie un mauvais garçon, capable de se laisser séduire par le luxe et l'oisiveté. Dites-lui bien que c'est une pensée irrésistible qui m'empêche de m'en retourner avec mes compagnons. Je crois que je mourrais. Pensez-vous qu'elle me mésestime et me soupçonne de manquer à ma religion ? Toute religion nous commande de nous modeler sur les personnes célestes, et celles d'ici sont les meilleures que j'aie vues.

– Laissez, petit chrétien ! lui répondait-elle en riant. Ma maîtresse serait contente que vous eussiez quitté votre religion pour elle, et vous en ferait changer trente-six fois pour s'assurer de sa force.

– Ses actes sont donc calculés ?

– Tu vois comment elle a su prouver à l'Émir que les chants qu'elle lui offre sont plus puissants que les divertissements chrétiens. C'est décisif qu'après l'avoir entendue tu ne désires plus retourner à ce que la veille tu préférais à tout.

« Ah ! pensa le jeune homme avec tristesse, elle est habile. »

Isabelle regardait avec autant d'étonnement que d'amitié les yeux de feu de ce jeune étranger, car elle n'avait pas jusqu'alors l'idée que l'on pût voir dans une femme un être surnaturel.

– Ne pourrai-je pas un jour causer avec cette divinité ? lui disait-il.

– Si fait, petit chrétien, mais en attendant je te peins à elle avec les plus jolies couleurs, et sache qu'elle m'écoute avec curiosité, car le poète l'a dit : « La cage a beau être couverte de peintures et d'ornements, l'oiseau cherche des yeux une ouverture ! »

Il en revenait toujours à son désir de l'approcher et de l'entendre.

– Ne sois pas malheureux, lui répondait la jeune incendiaire. Cela viendra quelque jour. Tu nous verras, le soir, à l'heure des jardins, quand nous sommes toutes assises autour d'elle et tu diras avec le poète : « Est-ce de la poussière de musc semée autour d'une pelouse, ou sont-ce des violettes répandues au pied d'une rose ? » Quand cela sera ? Eh ! laisse-toi conduire. Elle agit comme les péris par des mouvements gracieux et sans violence, et rien ne résiste à sa magie.

Peu de temps après, l'Émir chargea Guillaume d'un service qui l'obligeait à le rejoindre dans les kiosques et à traverser fréquemment les jardins.

Isabelle s'arrangea un jour pour qu'il y passât au moment où tout le harem s'y tenait. C'était aux heures douces du soir, sous le verger, une fête d'Asie. Le jardin de fleurs était devenu un paradis de filles. Toutes ces dames musulmanes, vêtues de soies éclatantes, couvertes de voiles de couleurs, chaussées de brodequins dorés, parées de colliers, de fards et d'odeurs, les unes marchant avec fierté comme des paons sur les pelouses, d'autres légères comme des gazelles, la plupart assises sous un cèdre, entouraient la Sarrasine. Des oiseaux de paradis autour d'un jeune aiglon. Elles mangeaient des sucreries et jouaient au trictrac, tandis que des colombes et des perdrix rouges sautillaient et picoraient autour d'elles et que des musiciens groupés à une petite distance de leur cercle éclatant, modulaient l'air fameux : « Sous les roses on joue de la harpe, sous le cyprès la flûte soupire, sous les jasmins on récite les poèmes immortels et sous les jonquilles on cause d'amour. » Le vent s'était fait magicien et mêlait les couleurs, les parfums, les rires et la musique. Isabelle vint à la rencontre de Guillaume et le conduisit par la main à la Sarrasine. Il se fit un grand silence de tout le jardin. Pour voir le jeune homme, toutes les beautés s'étaient rapprochées, comme des biches si l'on apporte à l'une d'elles un gâteau, et se tenaient maintenant immobiles autour de leur reine, comme les pétales de la tulipe autour de son cœur noir. Et celle-ci lui dit :

– Sire Tristan, croyez-vous que nous sommes ici une suffisante collection de mandragores, de basilics et de turquoises, pour composer un philtre d'amour efficace ?

Toutes se mirent à rire.

Alors il devina avec confusion qu'elles avaient entendu son récit de Tristan et Iseult à l'Émir, et que c'étaient elles les souris de la tribune, le soir du souper.

Elles crurent toutes reconnaître un effet de leur beauté dans sa timidité, mais c'était uniquement la crainte que donne l'amour, car leur variété ne servait à ses yeux qu'à rehausser leur reine, que seule il voyait.

– Chut ! lui dit Isabelle, ne bougez pas.

Elle était occupée à faire un point à l'écharpe de la Sarrasine, et l'ombre du jeune homme tombait sur le large ruban, ce qui fait qu'après trois minutes, en jetant son aiguille, elle lui dit :

– Petit chrétien, je viens de te coudre à cette écharpe.

Et toutes d'applaudir. Les lèvres de rubis souriaient, les joues brillaient, les boucles de cheveux voltigeaient, certains regards étaient voilés par de longues paupières, et d'autres étrangement gais. Guillaume voyait les gouttes de sueur qui perlaient sur ces jeunes visages d'Orient, et comme pour comprendre ces gazouillements d'oiseaux il était obligé, si bien qu'il sût le langage sarrasinois, de surveiller de près le mouvement de leurs lèvres, il apercevait cette vivante humidité des jeunes bouches qui atteste aussi bien que le feu des prunelles que des beautés ne sont pas tout aériennes. Cette ardeur de l'âme qui se trahit dans leurs regards est leur qualité propre comme le parfum appartient aux fleurs, le chant aux oiseaux et la rosée aux matins d'automne. Il voyait tout cela aussi clairement qu'à leurs ceintures les nœuds de diamant, à leurs doigts les bagues et à leurs chevilles les pesants anneaux d'or. Mais il ne faisait attention qu'au bel œil étincelant de la Sarrasine et à cet air libre et guerrier qui la mettait au-dessus de toutes. Une immense joie le pénétrait à la pensée qu'elle n'avait pas refusé que l'ombre d'un humble étranger fût cousue à son écharpe de déesse.

Quand il fut parti, toutes commencèrent à le louer. Zobéide, qui était la plus joyeuse, dit en riant :

– Puisse-t-il être, madame, comme l'oiseau Homay qui assure une fortune éclatante à celle sur qui s'arrête son ombre.

– Bah ! dit la grosse Badoura, fortune ou infortune, que je voudrais donc me réfugier sous l'ombre de ce bel oiseau.

Et toutes commencèrent à vouloir que la savante leur confiât ses secrets. Mais elle se tourna vers la sultane :

– Vous ne dites rien, madame.

Elles n'en purent tirer que ceci :

– Il est de bonne mine, et je suis bien aise que notre Seigneur se soit assuré un gage de cette valeur.

Isabelle rapporta à Guillaume ces propos (en taisant toutefois cette idée de gage), et dans sa joie il entama comme une suite de strophes, l'éloge de toutes ces dames.

– Oui, dit la Sagesse, en l'embrassant, chacune d'elles ferait une belle plume au chapeau d'un petit chrétien. Mais tu sais ce que dit le proverbe ? « Bien que dans le corps de l'oiseau, il n'y ait pas une plume sans emploi, pourtant la plume de l'aile a la plus grande utilité. » C'est Oriante qui nous porte au ciel.

– Mais pourquoi donc, songea tout haut Guillaume, semblait-elle rire tout le temps ?

– Elle est contente de ton admiration, comme elle le serait de trouver un chant, une écharpe, un sourire que d'autres ne posséderaient pas. Nous autres femmes, l'assentiment d'un jeune homme nous attendrit. Notre âme se repose dans le sentiment d'être aimée.

– Elle doit être un peu mobile.

– Rassure-toi, il y a chez elle un point fixe.

– Lequel donc ?

– La volonté de nous dominer tous.

Guillaume désirait ardemment rencontrer de nouveau la Sarrasine, et cette fois causer avec elle seule. Isabelle s'y prêta. Elle lui dit une nuit d'avoir soin de traverser le jardin, dans la prochaine soirée, à l'heure où chante le muezzin.

Il fut exact et les vit venir toutes deux, si gaies et si nouvelles qu'il croyait ne pas les reconnaître, leurs voiles rejetés en arrière, parlant et riant à tue-tête, faisant lever et fuir les oiseaux et les papillons.

S'étant approché, il remercia la Sarrasine de lui avoir donné une amie comme Isabelle, avec qui il pouvait développer ses sentiments les plus secrets. Elle répondit qu'elle était heureuse d'avoir contribué à attacher à l'Émir et au royaume, par cette agrafe d'opale, un fidèle ami.

Bientôt ils eurent leurs ententes. Guillaume était prévenu des heures où la Sarrasine se promenait dans les jardins. Arrivait-il à l'avance, il cherchait le coin d'où il l'apercevrait le plus tôt et le mieux. Il aimait ce lent coup de poignard de la voir s'avancer paisiblement et longuement, quand elle sortait de son pavillon et sous des alternatives de lumière et d'ombre suivait la longue allée de feuillages. Si la petite cour prenait place sur les tapis de la pelouse, il osait peu à peu y passer des minutes plus longues, et c'était alors entre Oriante, Isabelle et lui une correspondance mystérieuse de gestes, de regards, de silences. Toutes ces femmes aimaient le jeune homme à cause de la distraction que son roman apportait dans la monotonie du sérail, et il respirait auprès de chacune d'elles un peu du parfum de leur reine. Mais Oriante parmi elles toutes, faisait l'image la plus claire : rien d'inquiet ni de fiévreux, quelque chose d'aérien, une figure d'enfant que soulevait une joie immatérielle et dont le visage rieur rayonnait lumineusement. La nuit les surprenait parfois dans ces fêtes champêtres, car la douceur et la pureté du climat auraient permis de dormir en plein air. Alors il pouvait arriver qu'un émissaire du Sultan vînt chercher la Sarrasine. Les autres femmes se réunissaient autour de Guillaume et cherchaient à l'enlever à ses pensées, Zobéide par sa gaieté vive, Badoura par sa franchise et sa cordialité, Isabelle en lui répétant que la Sarrasine avait pour lui la plus profonde amitié. Ainsi des jeunes plants de coudrier s'entrelacent pour former l'abri d'une charmille.

…Insensible empoisonnement par la musique, les couleurs, la poésie et le désir. Chaque jour lui versait quelques gouttes du mal dont il n'eût pas voulu guérir. Ces jardins fascinaient son âme et le rendaient sourd aux avertissements que le destin ne refuse jamais à ses pires victimes.

VI

Comment un tel royaume pourrait-il durer ? Est-ce la vie d'un chef de respirer des fleurs, au milieu des femmes, en écoutant des chansons poignantes, et de mettre son règne sous l'invocation du plaisir ? Et les mains d'une jeune Sarrasinoise, si éblouissant que soit son esprit, peuvent-elles soutenir la fortune d'un État ?

Une nuit que l'Émir reposait avec Oriante, des messagers épouvantés vinrent l'avertir que des troupes de chrétiens en armes descendaient de la montagne.

Quoi ! après la trêve signée ! Quel rôle joue donc sire Guillaume ? La jeune femme surtout s'indignait :

– S'il nous a menti, Seigneur, vous devez immédiatement le mettre à mort. Avais-je assez raison de vous conseiller que vous le gardiez en otage !

Plus que l'effroi du danger, ce qui la faisait parler si durement, c'était l'affront d'avoir été jouée par celui que tout le harem croyait qu'elle s'était assujetti.

Mandé sur l'heure, au milieu des ténèbres, et la Sarrasine s'étant cachée derrière une tenture, sire Guillaume n'eut aucune peine à faire éclater sa bonne foi :

– Si le comte de Tripoli a manqué au pacte dont je suis le garant, l'injure est pour moi plus encore que pour votre Seigneurie, mais je crois que vous êtes attaqué par le prince d'Antioche avec qui vous avez eu tort de différer de traiter.

D'heure en heure, des renseignements plus complets vinrent confirmer cette opinion de sire Guillaume, et la Sarrasine retourna son irritation contre son Seigneur et maître, dont elle comparait l'incapacité et la négligence à la clairvoyance du jeune chrétien.

Toute la journée, les paysans refluèrent en ville avec leurs bestiaux et leurs récoltes. On ne pouvait que les accueillir, ces malheureux. Quant à les protéger au-dehors, avec quels soldats ? à peine en avait-on assez pour garnir les remparts.

Le soir, l'Émir s'en étant allé avec sire Guillaume à travers les rues, fut accueilli par un silence tragique de désaffection. Oriante, impatiente de tout apprécier par elle-même, se faisait porter à leur suite en litière. Tous trois montèrent sur les murs. Dans le crépuscule, déjà l'ennemi dressait son camp sous la ville. Ils virent ses tentes, ses piques et ses gonfanons, et entendirent ses insultes.

– Voilà donc, dit Oriante au chrétien, les chevaliers qui veulent mettre des femmes à mort, ou, du moins, nous imposer leur amour comme un joug.

Sire Guillaume protesta avec vivacité. Il dit que les chevaliers chrétiens, plus qu'aucun homme au monde, honoraient les dames, et il lui montrait dans la brume, au milieu du camp, la haute bannière du prince d'Antioche, leur chef, où était figurée une Vierge dorée.

Elle distingua son trouble. Il souffrait en regardant ses frères de religion et cherchait son devoir. N'eût-il pas dû se glisser immédiatement au bas de ces murailles, pour n'avoir pas à porter les armes contre l'étendard de la Vierge ?

Assez longuement, sans découvrir son jeu, elle le fit parler, le contredit, l'approuva, et dans une minute où ils furent seuls :

– Eh quoi ! serait-il possible qu'un chevalier chrétien fût tenté d'abandonner au malheur l'amie qui partageait avec lui sa prospérité ? Celui qui ne défend pas sa citerne est indigne d'y boire une gorgée.

Sur ce thème de peur, de désir et de noblesse, elle parlait d'une voix tendre et précipitée, avec un accent étouffé. Et soudain, il s'engagea par les serments les plus terribles à ne jamais l'abandonner.

Rentré au palais, dans le Conseil de guerre où elle le fit convier, son avis fut clair et net. Qalaat ne pouvait se dégager de vive force. C'était un espoir à écarter. Par contre, on devait obtenir un secours militaire du Sultan de

Damas et un arbitrage des chrétiens de Tripoli. Durerait-on jusqu'à ce que se déclenchât cette double intervention ? C'était aux yeux de sire Guillaume tout le problème. Il s'agissait de tenir. En conséquence il conseilla d'abandonner la ville proprement dite et de réserver toutes les ressources pour la forteresse. Sise à l'angle de la place, sur une colline dont elle épousait la forme, la forteresse n'avait besoin que d'un petit nombre de défenseurs autour de l'Émir et de son harem, et comme elle communiquait directement avec la campagne, elle pouvait être, le cas échéant, secourue ou évacuée.

– Pour gagner du temps, concluait Guillaume, et pour durer des mois et des mois, les ressources ne nous manqueront pas, si nous saisissons toutes les provisions que les gens de la campagne viennent d'apporter dans la ville.

En vain l'Émir fit-il valoir les droits de ces pauvres gens et qu'il était leur protecteur.

– Ah ! lui dit la Sarrasine, laissez maintenant aux femmes les questions de sentiment, et chargez-vous d'assurer notre vie.

La dure raison de sire Guillaume s'imposa. Les paysans qui s'étaient réfugiés dans la ville furent dépouillés au profit des greniers de la forteresse, puis abandonnés aux chrétiens qui les mirent en esclavage. Bien des artisans et des bourgeois, qu'il eût été trop lourd de nourrir, furent rejetés au même sort. L'Émir endossa l'impopularité de cette atroce mesure où le contraignit un péril qu'il n'avait pas su prévoir. Guillaume apparut au petit nombre des favorisés, dans la forteresse, comme un être d'énergie et d'initiative autour de qui les espérances se groupèrent.

Durant ce Conseil de guerre, le jeune homme n'avait pensé qu'à la Sarrasine. Cette charmante figure, qui semblait dire que seuls l'amour et la fantaisie enthousiaste valent la peine de vivre, avait suivi l'exposé des avis avec le plus lucide bon sens ; elle l'avait aidé à faire triompher une idée simple et dure. Il admirait maintenant en elle quelque chose de plus beau que ses couleurs, ses parfums et ses chants.

Souvent au milieu des ténèbres, c'est-à-dire aux heures de grande clairvoyance, quand il était de garde, il songeait : « Je veille parmi les ennemis de ma race et de ma foi, et je partage leur sort précaire, pour l'amour d'une femme que derrière ce mur un autre tient dans ses bras ! » Et pourtant il n'admettait pas une seconde de se soustraire à cette absurdité. Rien sans Oriante, tout avec elle. La vie ou la mort avec Oriante.

Le resserrement de la vie physique dans la forteresse contribuait à exalter sa sensibilité. De jour et de nuit, pour les nécessités du service, il était autorisé à pénétrer dans l'intérieur du harem.

Tout y était assemblé pour donner l'image d'une vie proche du ciel, les fleurs, les parfums, la jeunesse, la beauté, les chants et les lumières. Il y trouvait l'Émir au milieu de ses femmes, ou seul avec Oriante. Mais nulle d'elles ne semblait apercevoir le jeune chrétien. Il n'était plus qu'une ombre que leurs regards traversaient pour ne s'attacher qu'au Maître, et celui-ci, elles l'enveloppaient de rires, de flatteries, auxquels la Sarrasine joignait ses ensorcellements les plus tendres.

Sire Guillaume se laissa aller à s'en plaindre à Isabelle dans une des rares nuits qu'il pouvait encore passer auprès d'elle :

– Vous me négligez, toutes, avec un naturel qui m'épouvante. Quand vous m'ignorez à ce point, je suis tenté de croire que jamais aucune de vous ne m'a montré de sympathie. Vous simulez ou dissimulez avec une telle perfection qu'on ne sait plus à quel moment vous êtes sincères.

– Eh ! Vérité de mon âme, sans notre art de mentir, nous péririons. Quand Oriante repose auprès de l'Émir, seuls tous deux sur leur divan, et que dans le silence elle entend battre son propre cœur, crois-tu qu'elle ne redoute pas que son Maître n'en comprenne l'alphabet ! Elle s'enveloppe en hâte de mots qui sont des fleurs et des parfums, pour l'étourdir et le distraire. Mais de toi, sache ce qu'elle me disait hier : « Je suis heureuse de penser qu'alors que je dors et repose comme une enfant paisible, un ami venu des extrémités du monde veille sur mon sommeil et assure la sécurité de Qalaat. »

– Elle dort auprès d'un malheureux qui ne sut pas lui épargner le péril.

La jeune femme mit avec précipitation sa main sur la bouche qui venait de prononcer ces mots amers, et se serrant contre le jeune homme, son souffle sur son cou, elle murmura :

– Silence, petit chrétien ! de telles pensées peuvent agir, mais non parler.

Le lendemain, dans la journée, la Sarrasine fit chercher sire Guillaume. Souvent elle l'appelait ainsi auprès d'elle, quand l'Émir était aux murailles et que, trop inquiète pour demeurer seule, elle voulait une fois de plus calculer les chances d'être secouru de Damas ou de Tripoli. Son émotion, qui la faisait plus brillante et plus palpitante qu'en aucun jour passé, exalta l'amour du jeune homme, enivré qu'elle fît appel à sa protection. Par l'étroite fenêtre grillée, ils voyaient à leurs pieds les vergers de l'Oronte : les fleurs y sont mortes de soif, tous les musiciens ont posé leurs violes pour servir aux remparts ; qu'importe ! Oriante éblouit et enchante mieux qu'aucun jardin et qu'aucune musique. Sa jeunesse et sa fantaisie ont tôt fait de reprendre et de redonner courage. Elle sait l'hymne qui sort de la caresse d'un regard aimé et de la simple inclinaison d'un jeune corps, et suivant avec joie les signes de sa toute-puissance dans les yeux du jeune homme, comment ne se sentirait-elle pas, contre toute circonstance, la maîtresse du destin ?

Ce jour-là, elle demanda mille détails sur les mœurs des seigneurs francs. Quelle place donnent-ils dans leur maison à leur femme ? Une princesse d'Antioche, par exemple, a-t-elle une part du pouvoir ?

– Je sais, disait-elle, que de puissants seigneurs de chez vous ont épousé des Sarrasines qui se convertissaient.

Le jeune homme dont la figure rayonnait d'espérance vanta les mœurs chrétiennes. Soudain il sentit les deux mains froides de la jeune femme se poser sur les siennes, et d'un ton négligent, avec un regard d'une prodigieuse acuité, à voix basse, elle lui demanda :

– Il y a dans Tristan quelque chose que nous ne comprenons pas. Comment Tristan ne s'est-il pas défait du roi Mark ? L'un des deux était de trop.

– Pourquoi, dit-il, me poser cette question ? Voulez-vous donc m'éprouver ?

Elle se taisait, et couchée sur ses coussins, fière avec une ivresse enfantine de sa puissance de plaire, elle songeait qu'elle n'était pas faite pour subir, mais pour choisir.

Toute flexible, mobile et enthousiaste, Oriante semblait de ces esprits qui jamais ne disent « non ». À tous les conseils, à tous les ordres, à toutes les prières, avant même que les paroles en fussent entièrement formulées, elle s'élançait pour répondre « oui », cent fois « oui », mais sous cette faiblesse et cette docilité apparentes, quelle force intraitable ! quelle énergie de fourmi et d'abeille ! l'énergie d'une âme dominatrice qui n'admet pas que rien entrave son impérieuse vocation secrète ! Les sourires, les acquiescements, les soumissions et les enchantements qu'Oriante prodigue n'empêchent pas qu'elle percerait le roc, monterait dans la lune et livrerait à la male mort ceux qu'elle aime, plutôt que d'abandonner sa ligne d'ascension. Elle a reconnu son Maître incapable, et dans son esprit, elle l'a dépassé ; pis encore, elle l'a déposé.

Son décret intérieur ne faisait que précéder le destin. Un jour l'Émir, contre l'avis de sire Guillaume et de tous les défenseurs de la forteresse, tenta une sortie pour mettre le feu au camp des chrétiens. Il échoua et dans la mêlée fut atteint mortellement. Quelques-uns disent que le trait qui le perça venait de ses propres gens. C'est ce qui n'a jamais été éclairé. Son corps put être rapporté dans l'enceinte du rempart.

VII

La dépouille fut déposée dans l'appartement des femmes. Guillaume y vint quand celles-ci l'entouraient et qu'Oriante, selon l'usage, lamentait le deuil du royaume. À son arrivée, elle s'interrompit. La joie et le désir couraient de l'un à l'autre, avec la vitesse des regards qu'échangent dans le ciel nocturne les étoiles. Elle l'entraîna dans la chambre du trésor, dont elle venait de saisir les clefs sur le mort, et là, tous deux seuls au milieu des richesses de Qalaat, dans cette pièce demi-obscure, son visage passionné luisait comme un vase d'albâtre éclairé intérieurement. Le jeune homme lui dit :

– Je l'ai servi loyalement pour l'amour de vous. Mais que sert de mentir ? Je me réjouis de sa mort.

– Avant tout, dit-elle, en l'écartant d'un geste, il faut que tu commandes dans Qalaat.

Et sur l'heure, pressée de devancer toute intrigue, elle appela près d'elle les principaux dignitaires et chefs. Assise au milieu d'eux, et Guillaume debout à son côté, elle leur prodigua avec aisance, telle une fontaine d'éloges, les plus gracieuses hyperboles de l'amitié sur leur bravoure, leur haute raison et leur fidélité, et soudain pour conclure elle exposa crûment qu'ils avaient tous le même intérêt à ne pas se diviser, sinon ils périraient, les uns par les autres, et par l'ennemi :

– C'est sire Guillaume qui nous a donné le bon conseil de rassembler ici nos ressources, et c'est lui seul qui peut nous ménager l'appui des chrétiens de Tripoli, en même temps que nous appelons les musulmans de Damas.

Je vous propose que nous constituions sous sa présidence un conseil de la défense.

Et puis, leur dit-elle en substance, de la voix la plus pure, avec un regard de vierge, j'attends de vous un grand service de bonté :

– Que peuvent devenir les femmes du sérail ? C'est à vous de les protéger. Elles vous appellent. Je vous demande que vous vous les partagiez. Les sommes assez importantes, qui, chaque mois, étaient dépensées pour leur entretien dans le harem, légitimement doivent les suivre dans vos mains.

Ils acclamèrent la Sarrasine, la confirmèrent dans son titre de reine et firent leur affaire de persuader les officiers subalternes et les troupes.

Ainsi la transmission des pouvoirs s'opéra sans difficulté.

À la nuit, la savante vint prendre Guillaume par la main et le mena en secret dans la chambre dorée d'Oriante. Tandis qu'ils se glissaient à travers l'ombre des longs corridors, la jeune femme, en guise d'adieu à leurs plaisirs qu'elle sacrifiait à l'amour, lui récita les vers du poète :

« La tulipe fleurit promptement et s'en va légère et rapide, mais le rubis qui se forme avec lenteur ne craint rien du vent ni de la pluie et traverse toutes les saisons. »

Le jeune homme pleura d'enivrement en s'agenouillant devant la Sarrasine, qui lui disait :

– Comme je t'ai attendu, avant même que je te connusse ! Que de fois, avec quelle ardeur, je me suis répété : quand viendra-t-il dans ma chambre, celui dont mon espérance m'assure qu'avec lui et jusqu'à la mort je serai reine et heureuse. Au milieu du chaos de dangers qui nous pressent, hâte-toi, ami de mon cœur ! Tout ici t'appartient.

Son visage brillant et pur, ses mains délicates teintées de henné, ses petits pieds fardés, tout son corps d'ambre et de jasmin répandaient la douce lueur d'une lampe de mosquée. Jusqu'à l'aube dans la citadelle, on entendit les hululements des femmes auprès du cadavre royal, et, tout autour de la ville, les tambours des chrétiens qui se réjouissaient. Eux, cependant, ils semblaient le repos d'un agneau dans les bras de son jeune berger, ou l'innocent enroulement d'une couleuvre sans venin qui s'est glissée, pour s'y réchauffer, sur le cœur d'un enfant qu'elle aime. Dans ces minutes, où il rassasiait les désirs de son corps et de son âme, Guillaume vivait hors du temps. Aussi quelle surprise, quand Oriante se soulevant sur son coude lui dit, au milieu de la nuit :

— Toi qui es du Christ, pourquoi en livrant la ville à tes frères chrétiens n'en serais-tu pas le premier roi et libre de choisir ta reine ?

— Eh ! Lumière de ma vie, Étoile du matin et Porte du ciel, il est bien sûr que tous, chrétiens ou païens, voudraient se ranger sous votre loi, mais ils auraient tôt fait de me trouver de trop, et si vous voulez j'aime autant ne pas tenter l'aventure, car après la tendre preuve que me donne cette nuit, je n'imagine plus pouvoir vivre et mourir qu'en votre amitié totale et sacrée.

— Oui, totale et sacrée, mais précisément une telle amitié, il faut qu'elle soit hors de pair, et comprends bien, je te le dis à cette heure de vérité où tu me tiens sur ton cœur, je ne pourrais pas me passer, que tu m'en blâmes ou m'en approuves, je ne pourrais pas me passer que l'on portât devant moi, non pas des fleurs ou des trésors, mais les étendards, et que les visages fussent non pas souriants et admiratifs, mais inclinés par le respect et l'obéissance. J'ai besoin que l'obéissance craintive courbe ceux qui m'entourent, et je ne pourrais pas plus respirer sans ma puissance que sans ton amour.

Il fut étonné qu'elle éprouvât du goût dans un tel moment pour ce genre de discussion, et sans trop l'écouter il l'embrassait avec un redoublement d'amitié et de gaieté. L'innocent ne trouvait dans cette irritation de l'orgueil de sa maîtresse qu'un excitant au plaisir.

L'aube de cette nuit se leva sur une suite de jours inimitables. Guillaume sortit de cette chambre et de leurs secrets, le cœur enthousiasmé. Tous les rosiers étaient morts et les rossignols partis, mais la Sarrasine remplissait de chants et de parfums l'univers. Sur Qalaat flottaient ces hymnes de gratitude qui surgissent du fond de l'être, après le plaisir, comme des fleurs mystérieuses épanouies en une nuit à la surface des eaux profondes. De ces caresses et de cette âme qui viennent de l'accueillir, Guillaume emporte un sentiment si fort qu'il les quitte presque avec joie pour mieux en jouir et pour vivre dans une imagination d'amour et de beauté, plus forte qu'une présence réelle. Ce n'est qu'après un délai qu'il aura besoin de revoir son amie et de repeupler auprès d'elle ses forces. Il s'agite, il chante, il se remémore et bénit le ciel. Mais dans quelques heures, après ce répit de quiétude, de large respiration et d'une sorte d'immunité, sous peine d'une angoisse bientôt intolérable, et comme si sa provision de vie s'était épuisée, il faudra qu'il rejoigne la Sarrasine et que de sa voix, de son regard, de tout ce qui émane de son corps et de son âme, elle le recharge de confiance.

Les deux jeunes gens craignaient à toutes les minutes une révolution intérieure ou l'assaut victorieux des chrétiens. Ce danger constant, cet encerclement de menaces développaient chez Oriante je ne sais quoi d'exalté dans la tendresse, chez le jeune chrétien un invincible élan du désir, et chez tous deux l'ardeur insensée des éphémères qui, voulant surmonter la brièveté du temps par l'intensité de la passion, s'écrient : « Si nos forces doivent être brisées par le destin, que ce soit l'amour plutôt qu'un coup sanglant qui nous désarme. »

Quelle contrariété, quand les femmes du sérail viennent familièrement soulever les tentures de la chambre dorée et interrompre leurs délices ! Elles ont à raconter à Oriante les plaisirs et les déplaisirs de leurs nouvelles unions. Impossible de refuser d'entendre ces filles dévouées, qu'une offense pourrait rendre dangereuses. Oriante se contraignait à les recevoir, et bientôt, se livrant tout entière à l'impression du moment, elle faisait de ces colloques qu'elle avait redoutés la plus éblouissante dépense de fantaisie, avec l'insouciante furie du papillon de nuit qui ne sait plus rien dès que s'allume le flambeau.

Guillaume s'enflammait d'écouter les charmants emportements de cet esprit qui, par son mélange d'innocente ruse et de rêverie tendre et folle, lui semblait unique au monde, mais très vite : « Je ne veux ni vous voir ni vous entendre, ni vous respirer, songeait-il ; je désire votre silence, mes yeux fermés, aucun trouble, afin que je puisse, par un sixième sens plus subtil, de cœur à cœur, vous connaître et nous lier. » Tant de grâce et d'invention et ce perpétuel bondissement le gênaient pour écouter, au plus profond d'Oriante, ce qu'il préférait à tous ces éclats, la note vraie de son âme.

Dans les jardins de l'Oronte, aux temps faciles, avant le siège, il eût imaginé certainement que sous un sabre levé, cette Oriante éclaterait en supplications, les genoux dans la poussière, les bras nus, la bouche entr'ouverte, et réduite par la terreur à consentir à toutes les exigences, mais à l'épreuve voici que cette âme se révélait royale, c'est-à-dire résolue à diriger le destin, et incapable de rien accepter qui la diminuât, et violente, excessive, démesurée, elle possédait dans son arrière-pensée la raison la plus lumineuse. Il l'estimait comme une vertu vivante. Préférer à soi-même une autre qui, elle-même, nous préfère à soi ; désirer de mourir à deux, pour épanouir une seule vie plus belle ; appeler la volupté avec la certitude d'y tuer nos humanités et d'en surgir créature céleste… premières minutes sublimes d'un tel amour comblé. Tous les philtres de fierté, de décence ingénue et d'exaltation tendre, dont Oriante avait jusqu'alors composé son charme, recevaient de l'incessante présence de la mort un surcroît de force. Guillaume avait l'idée de tenir dans ses bras un jeune héros.

Les deux amants passaient leurs jours et leurs nuits dans un état de vibration de leurs âmes, montées au plus haut point et pourtant accordées étroitement. « Puissions-nous, chantait Oriante, confondre nos minutes dernières, comme nous mêlons ici nos heures les plus vives, et sceller dans le repos sous une seule pierre notre inséparable accord ; mais si la fortune adverse obtient de nous séparer, elle nous fera souffrir sans parvenir jamais à rompre notre unité, car mon ivresse s'est glissée en toi et la tienne en moi, et j'ai laissé ton cœur recevoir de mon cœur une empreinte immortelle. Va, fuis, je te garde aussi sûrement que tu m'emportes, l'un à l'autre mariés par mon choix ! » Et Guillaume l'ayant dans ses bras continuait de la poursuivre, avec autant d'ardeur que s'il ne l'eût jamais atteinte. Attachés l'un à l'autre, ils s'appelaient comme si le fleuve Oronte les eût séparés.

VIII

Après six mois de siège et trois mois de ces délices, le Tout-Puissant voulut que dans l'aqueduc souterrain qui courait de la montagne à la forteresse, une pierre énorme se détachât et qu'elle obstruât toute arrivée d'eau.

Des deux ouvriers qui constatèrent ce désastre, l'un, par désespoir, passa immédiatement dans le camp chrétien et l'autre vint avertir Guillaume. Guillaume s'efforça par promesses et menaces d'empêcher que cette sinistre nouvelle ne se répandît parmi les défenseurs. Il n'avertit qu'Oriante.

– La citerne, lui dit-il, contient de l'eau pour huit jours. Après cela, c'est la mort. Ainsi l'heure est venue de nous décider. Fuyons ensemble à Damas, nous y serons heureux.

Il fut atterré par la physionomie de la jeune femme qui devint tout à coup sérieuse et presque sinistre :

– Le ciel m'est témoin que pour toi je suis prête à quitter toute richesse et toute domination. Mais est-il nécessaire, si nous ne pouvons pas résister, de nous accommoder du dénûment de Damas plutôt que du partage avec les chefs chrétiens ?

– Dieu, répondit-il, veut que nous perdions ce qui est aujourd'hui dans nos mains ; mais pourquoi sacrifierions-nous notre amour qu'il ne nous dispute pas et qui est le premier de nos biens ?

– S'il te plaît de nous déposséder, je dis oui à tous tes caprices.

– N'accuse pas mes caprices, mais la nécessité.

– Qu'exige donc la nécessité ? Où veulent en venir tes pensées secrètes ?

– Je n'ai pour toi aucune pensée secrète. Si nous restons ici, le mieux qui puisse arriver est que tu entres dans le lit de quelqu'un des vainqueurs, et que moi je voie cela.

– Tu ne me verras jamais qu'avec un cœur fidèle.

– Fuyons donc à Damas. Le plus sûr est de hasarder cette fuite.

– Je ne pourrai pas parvenir jusqu'à Damas.

– Tu seras l'étoile du désir qui guide la caravane.

– Et là-bas je ne serai plus une reine.

– Partage ma fortune, embellis mon destin, sois l'arc-en-ciel de nos jours orageux, et je nous prophétise un avenir royal. De quel air absent tu m'écoutes ! Je te prends dans mes bras ; laisse-moi rencontrer ton regard, et accueille dans ton cœur défiant la chaleur de mon espérance. Ne te sens-tu pas pénétrée par la force, l'élan et la surabondance de ma certitude ? Ton sourire, l'accent de ta voix suffiront pour écarter les mauvaises chances. Sois maintenant toute à moi, ne te laisse pas aller à d'autres pensées.

– Mais c'est près de toi, de toi seul que je suis en ce moment, et non ailleurs.

– Cependant des larmes s'échappent de tes yeux !

– Souviens-toi de moi dans ces minutes, où, pour la dernière fois peut-être, ici, nous nous étreignons... Je m'arrête, car à te caresser, je sens mes yeux se mouiller de pleurs. Va, souviens-toi qu'en t'embrassant je pleurais.

Ce soir-là, comme ils faisaient souvent, ils montèrent sur le donjon de la forteresse. C'était une de ces nuits toutes bleues, si communes en Syrie. Oriante suivait la conversation de sire Guillaume avec un faux intérêt. Son regard et son accent avaient quelque chose de machinal ; elle laissait sa main dans les mains du jeune homme, mais c'était une main inerte, et il semblait que son âme fût tournée ailleurs. Durant de longues semaines, tout en elle avait été tendresse, grâce, lumière de l'amour et parfois ardente passion ; mais maintenant le visage pâle et serré, immobile, inébranlable dans une sorte de sérénité sombre, elle se livrait à un rêve nouveau qu'elle opposait à son ami. Était-elle inquiète, fâchée, terrifiée ? C'était d'un autre ordre plus grave. On eût dit une âme décidée à faire son chemin toute seule, après avoir éprouvé le néant des amitiés et parentés dont jusqu'alors elle vivait. On eût dit un chef qui voyant l'impossibilité de faire rentrer des mutins dans l'obéissance ne s'abaisse pas en vains discours. C'était une Oriante qu'il n'avait jamais vue. Cet être d'une si prodigieuse vivacité était méconnaissable dans sa rêverie profonde. Mais s'il en souffrit, il ne s'en inquiéta pas. Avec naïveté, il mesurait combien ils s'aimaient, puisqu'elle était capable de se dérober sous ce masque glacial et qu'elle s'en couvrait devant lui pour la première fois.

Soudain une haute voix retentit dans les demi-ténèbres. Un des chefs chrétiens monté sur le rocher en face de la forteresse interpellait les défenseurs :

– Vous allez périr par la soif. Livrez la ville, partagez vos trésors avec nous et allez-vous-en librement. Nous voulons vos femmes seulement, et nous ne ferons aucun mal à celles qui voudront vivre avec nous, de leur bon plaisir, en chrétiennes.

Sire Guillaume fut blessé par cette insolence, mais bien plus encore quand il vit une toute nouvelle Oriante, non plus en proie comme tout à l'heure à de mornes rêves, mais hostile et comme démoniaque et peu sûre, qui s'était dressée et agitait au-dessus de sa tête une écharpe. Toute autre qu'elle, il l'eût précipitée au pied du donjon. Quoi ! Désirait-elle être remarquée par celui qu'elle n'avait qu'à détester et à craindre ? Dans la soirée, elle nia avec une prodigieuse assurance ce qu'il était bien sûr d'avoir vu. Il la crut troublée jusqu'au délire. Pouvait-elle être si différente de la haute personne raisonnable qu'il admirait depuis le début du siège ? Il fut détourné d'en faire trop de réflexions par la folie générale qui envahit la forteresse, maintenant qu'on savait l'extrême péril de la situation.

« Les gens de Qalaat, raconte la chronique, étaient comme ivres ; ils ne comprenaient plus ce qui se disait. Leurs figures devinrent noires et ils perdirent complètement le gouvernement d'eux-mêmes, comme s'ils eussent été ballottés par les vagues de la mer. »

Sire Guillaume, fatigué des discours que cet insolent continuait de tenir sur le rocher, fit poster en secret un arbalétrier, et quand l'autre se présenta, un terrible « carreau » le jeta par terre, de sorte que les deux camps criaient : « Le prince d'Antioche est tué ! » Hélas ! le lendemain il se fit porter sur un autre rocher voisin du château, et de là, avant que pût s'avancer un nouveau tireur, il annonça aux Musulmans qu'il était encore plein de santé, et qu'avant peu il leur prendrait leurs femmes et, eux, les ferait pendre.

Cependant plusieurs Sarrasins sur le rempart priaient les chrétiens de leur donner un peu d'eau à boire, et le plus souvent ceux-ci répondaient : « Jette-nous quelque chose qui nous plaise. » Les Sarrasins jetaient des habits, des ornements ou de l'argent, et en même temps ils descendaient au bout d'une corde un panier où les Chrétiens mettaient une jarre d'eau. Par ce moyen, il y eut des correspondances. Guillaume crut savoir que de son entourage même des relations mystérieuses avaient été engagées avec les chefs chrétiens. Sous les peines les plus dures, il interdit ces prises de contact, et ne pensa plus qu'à s'évader d'une situation désespérée.

Depuis longtemps ses dispositions étaient arrêtées dans son esprit. Un matin, il entraîna Oriante et Isabelle dans la chambre du trésor, et là, toutes portes fermées :

– Qalaat est perdu, dit-il, mais je sauverai vos personnes et le plus précieux des richesses qui sont entassées ici.

– Quoi ! s'écria Oriante, en sommes-nous là ? Avons-nous épuisé toutes nos chances de lutte ? Je ne veux pas partir, s'il reste au ciel une seule étoile. Je suis résolue d'aller jusqu'au bout de notre dernière espérance.

– Il n'y a plus d'espérance que dans la fuite. Ramassez ce que vous pouvez porter d'or. Couvrez-vous, l'une et l'autre, de perles et de pierreries. Nous vivrons, mais si vous deviez périr, que vous soyez les cadavres les plus étincelants que les anges aient jamais pleurés ! Dans deux heures, je vous ferai donner le signal du départ.

Il développa son plan. Les assiégeants étaient trop peu nombreux pour occuper toutes les issues de Qalaat. En conséquence il allait esquisser une sortie vigoureuse sur le camp des Chrétiens, afin de les ramasser tous sur le devant de la ville. Il serait repoussé, mais il tiendrait bon jusqu'aux ténèbres et rentrerait dans la forteresse, en laissant envahir une première entrée. Alors, toutes les forces ennemies s'étant engagées dans cette brèche de la résistance, il ferait sortir par une issue opposée la Sarrasine, Isabelle et une petite troupe de porteurs, puis une heure après, quasi seul, il les rejoindrait au troisième gué de l'Oronte.

Elle ne l'écoutait pas. Ses yeux, qu'il avait vus parfois remplis d'une exaltation si tendre, respiraient quelque chose de hagard et plutôt le délire que la colère.

Elle a raison, pensa-t-il, elle m'a fait une grâce en m'aimant, et je ne sais pas lui garder son royaume.

Mais en le pressant dans ses bras, elle lui dit :

– Merci de votre bonté, et sachez bien que jusqu'à ce que je vous revoie, je veux penser à vous sans que vous ayez nulle part, jamais, une meilleure amie.

Quand il fut sorti, ses sentiments éclatèrent. Le regard assombri et comme rendu aveugle par ses pupilles trop dilatées, les mains glacées dans les mains d'Isabelle qui la suppliait, saisie d'une sorte de vertige, toute émotion et vibration, hors d'elle-même, elle vaticinait :

– Vais-je cesser d'être Oriante ? Il faut donc fuir en courbant la tête, accepter un destin plus humble et nous ranger à la décision d'une volonté qui doute de sa puissance ? Nous laisserons tomber sans étreinte notre royauté. Je vais consentir à cet amoindrissement, moi qui rassasiée de bonheur m'indignais jusqu'à la souffrance qu'il pût y avoir sur l'horizon des gloires qui me fussent refusées. Je me glisserai dans les ténèbres, vers un humble refuge incertain, avec mon cœur tout enflammé d'ardeur pour la lumière et les sommets. Je serai l'un de ces cygnes salis qu'on voit piétiner loin de leur rivière natale. J'avouerai ma déchéance, j'appellerai sur mon nom la pitié au lieu de l'envie, je reconnaîtrai moi-même que je doute de ma séduction et n'ai plus foi en mes sortilèges..... Je le veux, mais le puis-je ? Si mon amour me le commande, mon orgueil me le défend. Mon amour consent à dire « oui », mais d'un lieu plus profond que mon amour des « non », sourds, aveugles, obstinés, que je ne puis étouffer, veulent arrêter ma retraite et m'enchaîner à mon destin royal..... Qu'elles s'envolaient vite, les nuits que nous passions ensemble ! Les deux crépuscules se touchaient, comme les perles d'un collier. Mais qu'ils seraient intolérables, les jours et les nuits de l'humiliation, dont les heures tomberaient goutte à goutte pour glacer nos cœurs !

Du dehors, mêlés à ce chant passionné, les cris du combat montaient et se rapprochaient, à chaque minute, et dans la forteresse même les hurlements des femmes couraient.

– Hâtons-nous, Oriante, dit Isabelle. Écoute ta tendresse plus que ta dure volonté. Hâte-toi ! nous allons périr.

Mais Oriante, les yeux fixes, tournés en dedans, lui répétait avec égarement :

– Tu n'as rien à craindre. Ne suis-je pas née pour désarmer l'univers ?

Elle disparut dans le harem. Isabelle, sans l'entendre, avec une rapidité fébrile, puisait à pleines mains, dans les grands coffres, des sequins, des pierreries et des perles qu'elle nouait dans des châles de l'Inde et des foulards de Perse.

Au bout de quelques minutes, Oriante revint, coiffée d'un diadème, les cheveux sur les épaules, à la fois reine et suppliante, brûlante de désespoir et de fierté. La tendre fille ne put retenir un cri d'admiration et de douleur :

– Que tu es belle, Oriante !

– N'a-t-il pas dit que nous devions être des cadavres étincelants ! Passe à ton col ces perles et à tes mains ces émeraudes, prends ce voile d'or.

– Pourquoi nous parer ainsi, ma reine ?

– Pour mes fiançailles ou ma mort.

À ce moment on frappa à la porte. C'était un homme de sire Guillaume. Guillaume, poursuivant de point en point son programme, faisait donner à la Sarrasine l'ordre de sortir sur l'heure, du côté de Damas.

Lui-même, pour qu'elle ait le temps de s'éloigner, il prolonge encore d'une heure la résistance, et soudain par la route même qu'il lui a indiquée, il se glisse hors de la forteresse et se met à sa poursuite.

Un seul domestique l'accompagne. Anxieux de retrouver sa maîtresse, Isabelle et leur petite suite, il marche en hâte dans la nuit vers le lieu fixé au troisième gué de l'Oronte.

Il n'y trouve que l'eau qui bat les rochers, et l'effroyable silence du désert.

Personne ! Que faire ? Rentrer dans Qalaat, au milieu des envahisseurs ? Oui, certes, si Oriante a été arrêtée dans sa fuite et retenue dans la forteresse. Mais peut-être en ce moment court-elle vers Damas, poussée par l'épouvante et préférant le risque d'une rencontre de hasard au risque d'une poursuite. Peut-être aussi s'est-elle égarée, et d'un instant à l'autre elle va rallier le point de rendez-vous… Il crut devenir fou, et ne retrouva ses sens que pour s'accuser d'avoir perdu par son imprévoyance celle qui se fiait à lui et que des pressentiments avaient paru avertir. Il sentit le danger passer sur sa maîtresse, comme il eût senti le regard d'un des vainqueurs se poser sur son visage nu de captive.

Un clair de lune enchanteur se leva sur les sables. Il attendit durant des heures mortelles qu'elle parût de minute en minute. Vers l'aube enfin, il fallut prendre un parti.

« Souvenir de ma mère, dit-il, inspirez-moi mon droit chemin. Où trouverai-je la vérité ? »

Il pensa qu'il devait aller sur Damas, et ne voulut pas douter qu'il y rejoindrait son amie, qui sûrement l'y avait précédé.

IX

À Damas, Guillaume ne trouva pas la Sarrasine, ni aucun éclaircissement. Était-elle morte, ou, son visage brillant tourné vers lui, subissait-elle là-bas les affronts de la captivité ? Rien ne répondit à ses interrogations. Et les premières nouvelles du désastre, c'est lui qui les apportait.

Le peuple de Damas attribua la ruine de Qalaat à l'intervention des anges Mokarabin, Gabriel, Mikael et Israfel, que le ciel en sa justice avait envoyés pour faire expier à l'Émir son mépris de l'Islam. Mais le Sultan voulait des explications plus terre à terre, et il convoqua Guillaume à son divan. Guillaume lui raconta avec quelle angoisse la forteresse avait attendu ses secours et comment, réduit à la dernière extrémité par la soif, le conseil de défense avait décidé d'évacuer sur Damas les trésors. Que s'était-il passé ? Pourquoi la plus intelligente des femmes du harem, la fameuse Oriante, à qui il s'était confié, avait-elle manqué le rendez-vous ? Il offrait de retourner à Qalaat comme plénipotentiaire et d'en ramener la Sarrasine qu'il rachèterait.

Comme une balle, sitôt qu'elle a touché le mur, rebondit vers son point de départ, Guillaume, à peine a-t-il atteint Damas, ne songe qu'à regagner Qalaat ; mais le Sultan, un petit vieillard au nez rouge, est d'avis qu'il faut s'incliner devant la volonté du ciel, qui n'a pas permis que les secours que Damas préparait arrivassent utilement. Quant à racheter aucune femme de Qalaat, pourquoi donc ? D'un ton goguenard, il déclare :

– Laisse à ces chrétiens nos belles musulmanes. Le poète a raison quand il dit : « J'aime la manière d'agir des buveurs qui, lorsque l'ennemi arrive, en un moment l'ont enivré avec la coupe d'amour. » Laisse agir la beauté, et plus tard, nous verrons.

Il attribua au jeune chrétien une maison sur les bords du Barada, la rivière qui arrose l'oasis de Damas, en lui commandant impérieusement de ne pas s'éloigner de la ville et de venir le voir à des intervalles réguliers.

C'est un des plus agréables séjours du monde que les vergers du Barada. Les voisins de Guillaume y passaient leur journée dans la joie, grâce au vin, aux musiciens et aux belles filles, mais lui n'avait de plaisir qu'à se désoler de l'absence de sa maîtresse. Il n'aurait pu se détourner une minute de sa pensée obsédante. « Pourquoi n'est-elle pas venue au rendez-vous ? Est-elle morte ? Si elle vit, comment ne trouve-t-elle pas le moyen de me faire tenir un message ? »

D'ailleurs, sa plaie d'amour exceptée, il était tout insensibilité. Dans les délices de Damas comme dans les carnages de Qalaat, il se sentait une âme durement rétractée. Les maisons blanches, les mosquées, l'eau brillante, les épaisses verdures et la lumière qui les baigne sont un cadre indifférent, si l'absente ne vient pas s'y plaire, et les orangers, les lauriers, les roses n'exhaleront que du désespoir jusqu'à ce que la Sarrasine les respire. Guillaume reconnaissait dans Damas d'innombrables éléments de bonheur, mais il les contemplait comme un orchestre silencieux à qui personne n'est venu donner le signal.

Dès l'aube, il se réveillait d'un court sommeil, et la bête de tristesse se levait à ses côtés. La sainteté du matin, quand la douceur et la lumière luisent sur l'eau et les feuillages, le déchirait. « Que n'est-elle morte, pensait-il ; avec quel élan je me hâterais de ne plus vivre ! » Il errait sans but, en se répétant les improvisations les plus pénétrantes de la Sarrasine. À chaque strophe, une douleur térébrait son cœur. Il entendait la voix liquide, le souffle léger, le bruit mouillé de la langue contre le palais ; il voyait les lignes calmes du profil, les paupières baissées dans le jeune et lumineux visage, la joie, la tristesse, toute la mobilité de sa maîtresse et ses deux mains attendrissantes de douceur. C'est avec effroi qu'il touchait à ces flèches de beauté fichées dans sa chair et dans son âme. Au milieu des rues étroites, pleines de poussière et de silence, il pressait le pas pour se fuir soi-même, afin de se dérober à ses mortelles obsessions. Brisé de se souvenir, parfois, au milieu du jour, il tombait de sommeil comme il n'arrive pas après le plus grand effort physique. Puis le soir, quand un léger souffle renaissait sur le Barada et que la plainte des muezzins commençait de bouger sur la ville, pareille au monotone désir qui de sa poitrine s'exhalait dans le ciel vide, Guillaume en ressassant ses idées de mort et d'amour, suivait la route d'Alep, entre deux haies de peupliers et de platanes, jusqu'à la limite extrême des jardins, et s'asseyant auprès de la source de Zeïnabiye, où les Damasquins, à la fin des chaudes journées, viennent goûter la meilleure eau de l'oasis, il attendait, le visage tourné vers le pays de son espérance.

Un jour qu'il était là, des juifs qui arrivaient de Qalaat, commencèrent à donner mille détails sur le massacre auquel les Chrétiens vainqueurs avaient procédé en pénétrant dans la forteresse.

— Mais soudain, dirent-ils, leur chef, après cette première dévastation, s'est adouci d'une manière inexplicable. Il a fait éteindre les flammes et grouper les survivants sur la place du marché aux bêtes…

Guillaume but une gorgée d'eau et demanda, en écoutant son cœur battre, ce qu'étaient devenues les femmes du sérail. Ils racontèrent qu'elles avaient été distribuées entre les principaux chrétiens.

— Et la fameuse Oriante ?

— Distribuée comme les autres.

Elle vivait ! Il se livra aux mille jouissances de cette certitude enfin obtenue, puis les inquiétudes noires commencèrent de ramper au fond de son être, cependant qu'à chaque pas, en revenant à Damas, il s'obligeait à se dire : « Elle est vivante ! » Il mettait ce fait sur le devant de son imagination pour repousser le reste dans l'obscurité.

Rentré chez lui, il se jeta sur une natte et resta plongé durant vingt-quatre heures dans ses méditations. La nuit, il se disait : « Je ne crois pas qu'elle veuille demeurer un si long temps sans connaître le plaisir, ni que personne de ceux qui la voient et qui sont des vainqueurs accepte sa retenue. » Au matin il se rejetait violemment sur cette autre idée qu'un jour il la rejoindrait et qu'ils mourraient de bonheur à pouvoir vivre l'un pour l'autre. Il eût voulu s'approcher de son amie, après qu'elle s'était endormie, et juger sur son visage sans feinte ce qu'elle méritait de confiance. Mais il se faisait violence pour s'interdire ces indiscrétions, voulant demeurer digne d'un si grand amour, et il se contraignait à chercher le moyen de la rejoindre et de la racheter.

C'est dans ces tourments que vint le surprendre un messager du palais, qui l'invitait à se rendre immédiatement auprès du Sultan. Il bondit d'espérance à l'idée que celui-ci allait l'envoyer à Qalaat.

Comme il entrait dans la salle d'audience, le petit vieillard lui cria joyeusement :

– Voici une bonne chose qui vous surprendra. Le chef des Chrétiens est éperdument amoureux et fort aimé d'Oriante, la favorite de l'ancien Émir, et l'on dit qu'elle dispose de lui.

Ces paroles percèrent le jeune homme d'une prodigieuse douleur :

– Je ne vois rien en cela, dit-il, qui doive surprendre d'une fille de cet âge et de cette beauté.

– Aussi n'est-ce pas là ce qui doit vous étonner, mais de savoir que tous deux travaillent d'un parfait concert au rétablissement du royaume, et déjà ils ont reconstitué les jardins de l'Oronte.

Guillaume eut un accès de désespoir. Quoiqu'il ne crût rien de cette infidélité spirituelle, le seul fait qu'elle fût formulée et que des mots, même menteurs, lui en fissent l'injure l'affolait. Il dit que cette fille mériterait d'être mise à mort. Le Sultan ne partageait pas cet avis :

– Je veux te confier en secret, à toi qui es du Christ, ce que la prudence me défend de dévoiler clairement aux nôtres. Nous pouvons coopérer avec tes coreligionnaires.

Il esquissa toute une politique de rapprochement économique, comme nous dirions aujourd'hui. Guillaume abonda dans ses vues et lui offrit à nouveau de retourner à Qalaat pour négocier une entente. Mais cette fois encore le vieillard jugea préférable d'ajourner.

Son refus enflamma de colère Guillaume, qui osa insister avec passion, au point que le Sultan irrité le renvoya, en lui ordonnant d'être à l'avenir plus intelligent et plus maître de ses paroles.

Or, peu de jours après, une nuit, dans son sommeil, Guillaume fut brusquement réveillé et se trouva assis sur ses coussins, écartant une image qui le bouleversait. Quelque chose se passait là-bas sur l'Oronte, dont il ne pouvait se définir la forme exacte, quelque chose d'humble et de tragique qui l'atteignait cruellement, quelque chose d'irréparable. Souffrait-elle, mourait-elle ou, pis encore, était-elle heureuse ? Il ne savait que préférer. Cette nuit, il n'eut plus de repos. Il alla aux bains, et là encore ne trouva pas de calme, car il se sentait averti d'une sûre révélation. Enfin perdant la tête, il pensa : le mieux est que j'aille au palais, bien que ce ne soit pas l'heure, et que j'obtienne du Sultan qu'il se décide à m'envoyer à Qalaat. S'il diffère encore, eh bien, je devrai partir avec mes humbles chances, car je sais que cette voix intérieure ne se taira plus.

Il se rendit au palais, et malgré l'heure matinale parvint à se faire admettre auprès du Sultan.

– Jusques à quand ajournerons-nous, lui dit-il avec égarement, que je coure à Qalaat ? Rien ne dérange leur plaisir, et toi, par tes lenteurs, n'encourages-tu pas leur succès ?

Alors, le Sultan :

– A-t-on jamais vu qu'un bienfaiteur et un chef cède aux obsessions de son hôte ? Accueilli par grâce dans notre maison, tu devrais avoir assez d'intelligence et de cœur pour en prendre les intérêts. Mais chacun agit selon sa race, et un chrétien veut sans doute qu'un Sultan fasse la première démarche auprès des chrétiens. Sache que c'est moi le maître de l'heure et qui fixerai seul le jour de ta mission.

Pour plus de sûreté, il le fit conduire en prison.

Quelle misère pour le pauvre amant ! Les semaines et les mois passèrent, et toujours, dans les ténèbres, sa raison lui proposait des images douloureuses, un visage oublieux et plus encore, cependant qu'à l'aube, sa foi, son élan vital balayaient ces nocturnes. Elle vivait ! Il se jetait dans cette idée comme dans un canot de sauvetage au milieu du désastre. Ils avaient échappé à la tempête ; il la rejoindrait ; les narines au-dessus de l'eau, la poitrine plus puissante que tout l'océan, les bras hardis à fendre les flots, il atteindrait le rivage et la saisirait, plus heureuse et plus fraîche, dans sa joie de le retrouver, que tout l'océan surmonté. Qu'était-il advenu d'elle ? Rien qui pût faire qu'elle ne fût fidèle. Qu'importe au véritable amour l'écume injuste de la vie ! Il ne se permettait pas d'accueillir rien de ce qui rôdait autour de son esprit. C'est une abeille, se disait-il, qui reste prise à mi-corps dans son gâteau de miel et qui attend de moi sa délivrance.

Enfin un jour, environ six mois après qu'il était arrivé à Damas, le Sultan le fit chercher et lui dit :

– Voici que j'ai reçu des nouvelles de Qalaat. Cette fille conseille très bien son chrétien, et maintenant ils appellent des ouvriers musulmans pour aider à la réparation de leur territoire. Je prévois que d'eux-mêmes ils vont songer à une entente, et c'est alors que j'aurai besoin de toi pour leur porter mes réponses. D'ici là tiens-toi tranquille. Je pense que ces mois de fraîcheur ont apaisé ta fougue ; reprends ta bonne vie dans ta maison du Barada, car je veux que les messagers qu'ils m'enverront reconnaissent que je traite bien leur coreligionnaire.

Les malheurs avaient rendu Guillaume diplomate. Écumant à l'intérieur, il cacha sous un profond salut l'impatience qu'avait surexcitée ce discours, et se retira après avoir de nouveau mis tout son dévouement au service de sa Hautesse.

Tout en se réinstallant dans sa première demeure avec un air d'insouciance affectée, il décidait de ne plus différer davantage. « La vie est trop courte, se disait-il. Je ne puis plus accepter que le feu de mon cœur et ma force demeurent inutiles. Oriante regarde chaque jour la route de Damas et me reproche de n'être pas encore arrivé. »

Cinq jours plus tard, à la nuit, il s'enfuyait de Damas sans être accompagné de personne, et il poussa son cheval avec tant de hâte que, le soir même, à l'étape, au milieu des gorges affreuses qui ferment l'oasis à l'ouest, il rejoignait une caravane, qui ne refusa pas de l'accueillir.

Hardiment, d'un cœur confiant, le voici en route pour Qalaat et pour la délivrance d'Oriante ! Chaque matin, la caravane se met en marche, à l'heure où les ombres et la lumière se combattent, avant que toutes les étoiles aient cédé au soleil, et Guillaume en regardant le ciel s'étonne d'être insensible et même hostile à ces splendeurs, tandis que le feu d'un regard et l'éclair d'un sourire, qu'il ne voit qu'en idée, le déchirent.

Assailli tout le jour par des élans alternés de douleur et de gratitude, il surmonte le découragement à force de désir. Toutes ses pensées, autant de barques qui sillonnent la mer profonde et dont les voiles paraissent ou disparaissent sur l'horizon ; un souffle du ciel les balaye, et seule subsiste une mer de douleur, éternellement mouvementée par l'espérance. À travers les sables, il navigue, et maudissant chaque heure de retard il court à l'assaut du mystère.

X

Quand la caravane approcha de Qalaat, elle apprit que tous y pénétreraient sans difficulté, car (le Sultan était bien renseigné) les chrétiens, désireux de rétablir une prospérité qu'ils avaient ruinée, appelaient de toutes parts des travailleurs musulmans. Et pour le risque d'être reconnu, Guillaume était à peu près certain que personne, les anciens habitants n'eussent-ils pas été dispersés dans la tourmente, ne songerait au brillant favori de l'Émir, devant le malheureux que faisaient de lui sa prison et ses chagrins. Une seule difficulté subsistait, mais grave, celle-là : comment approcher de la Sarrasine et comment l'enlever ?

Merveille de bon augure, à l'heure où Guillaume entre dans la ville toute transformée, des cloches chrétiennes, qu'il n'y a jamais connues, commencent à sonner comme pour bénir les images touchantes et les espérances qui se pressent en foule à son esprit. Tout un peuple nouveau de Francs et d'Arabes, en habits de fête, circule dans les rues, et Guillaume ayant interrogé un de leurs groupes apprend que dans deux heures va se dérouler une procession d'actions de grâces, pour la victoire, en l'honneur de la Vierge Marie. Les chevaliers la suivront avec les princesses converties. Pour l'instant, dames et chevaliers banquettent dans la forteresse.

Guillaume n'en demande pas plus et continue sa promenade. Il s'engage dans les jardins de l'Émir, maintenant livrés au public par des vainqueurs dédaigneux des anciens raffinements qu'ils ont pourtant à demi rétablis. Il passe devant les kiosques. Il revoit tous ces lieux qui lui donnèrent une image du ciel. Le mystérieux bonheur enveloppé de voiles n'est plus là pour distribuer ses lumières sur les choses. C'est un précieux baguier d'où le joyau a disparu. Il va tout droit vers la partie du jardin qu'Oriante avait remplie de ses chants, qui fut leur domaine propre et qui lui apparaît comme leur amour étalé. Il crut la revoir étendue sous ces arbres avec une grâce si touchante, quand elle occupait un étroit espace d'ombre au bas d'une pelouse inondée de soleil, et qu'atteint par cette joyeuse lumière un pan de sa robe de soie incarnadine brillait sur le vert du pré. Affaissée dans une langueur qui ressemblait à l'innocence et au plaisir, ses longs cils et ses douces paupières fermés, un de ses bras passé sous son cou, et sa main chargée de bagues retombant sur sa joue et dans ses cheveux, tout ce paradis ne servait qu'à la faire valoir et semblait un rivage autour d'un lac de divine volupté. Et maintenant…

Ce furent des minutes bien tristes que celles où sire Guillaume, circulant ainsi au milieu des jardins dévastés de Qalaat, se débattit avec ses enivrements du passé et ses inquiétudes du jour.

Qalaat est un petit endroit. Le jeune homme eut le temps de parcourir tous les lieux où il s'était trouvé avec l'amie du plus beau moment de son existence ; il reprit un à un tous ses émerveillements, ses désirs, ses plaisirs et son angoisse ; il suivit le sentier par où Oriante venait de son pavillon avec la gentille Isabelle ; il s'en alla sous la forteresse jusqu'aux rochers où se tenait le chef chrétien qu'elle avait regardé si étrangement, et avant que les deux heures fussent passées, Guillaume se retrouva au milieu des badauds, devant le palais où sans doute Oriante, le festin terminé, s'occupait à se parer.

Il ressentait jusqu'à l'irritation une sèche et douloureuse impatience, dans l'attente de celle dont le sourire seul rendrait une âme à cette ville morte. Si elle me voit de l'une de ces fenêtres, songeait-il, ses deux bras se tendront vers moi, et dès le soir son ingéniosité romanesque aura trouvé quelque moyen pour favoriser mon escalade dans sa chambre. Mais il souffrait sans se l'avouer du bel ordre qui régnait dans Qalaat et qui impliquait le consentement et la soumission de tous.

Enfin les cloches qui redoublent annoncent que voici le cortège. Les musiciens débouchent de la forteresse, puis les prêtres, les chevaliers et les femmes, et tout s'engage sous les vergers au long de la rivière. Au milieu des Sarrasines du harem, devenues les épouses des chrétiens, brille d'un éclat royal la belle Oriante, comme un aiglon à l'aile brisée est maintenu dans une troupe plus rustique. Qu'elle émeut son amant, quand il la revoit parée à la manière des femmes de France ! Elle porte une robe de soie tissée d'or, dont la traîne balaye le sol. Sur son front brille un diadème. La gêne légère qu'elle semble éprouver la rend encore plus rare et plus précieuse. Chargée de cette profusion de grâces, de qui aurait-elle besoin ?

Une affreuse tristesse monte vers Guillaume de cette gloire charmante et de cette cérémonie dont il eût été si heureux de partager avec elle le sentiment ! Ce n'est pas par lui que s'est faite cette transfiguration. Et rien qui permette de croire qu'alors qu'il la surprend à son insu elle ait aucune pensée pour lui. Toujours enchantée de paraître, et comme jadis enivrée de sa jeunesse et de sa beauté, elle regarde de tous côtés. Comment ne le distingue-t-elle pas ? Sa barbe longue, ses cheveux emmêlés, son regard fiévreux le masquent, mais un cœur fidèle ne devrait-il pas pressentir et savoir ?

Dans un premier moment de désespoir, il s'est laissé dépasser, mais bien vite il court les rejoindre et les accompagne, sans se rassasier de souffrir. Il marche à leur pas au milieu de la foule ravie. Toutes sont les mêmes et transfigurées. Elles ont échangé leurs larges pantalons de houris contre des robes de dames chrétiennes et même pris une expression de décence et de pudeur. Elles portent, comme jadis, enroulés au-dessus de leurs poignets, des chapelets de boules d'ambre, qu'une croix maintenant termine, et tiennent dans leurs mains des missels marquetés d'or et de bijoux. Mieux qu'autrefois elles semblent des anges ; elles le doivent à ce cortège, à la présence des prêtres et des chants religieux, mais il est plus aisé de croire que les fleuves remontent vers leur source que de supposer que ces six mois ont diminué leur science de la vie.

Dans les jardins en ruines, au bord de la rivière, la procession circule, pareille à celle qu'enfant Guillaume a vue dans son village. C'est l'animation d'une paroisse française dans les ruines d'un verger syrien. Quel enchantement au bord de l'Oronte, les filles musulmanes chantant les cantiques de la Vierge ! Il les suit en se jurant qu'il reconquerra son bonheur. Et tous arrivent ainsi sous le cèdre où, pour la première fois, il vit Oriante au milieu du harem. C'est là, sur le gazon où s'étendaient ses tapis, qu'est dressé l'autel sacré, et tout à son aise il peut la voir agenouillée dans l'étincellement de ses voiles auprès du chef des vainqueurs, devenu son époux.

À l'heure de la bénédiction, le prêtre se tourne vers la foule tenant entre ses mains l'hostie consacrée ; il l'élève, et Guillaume prie pour l'ingrate, pour ses propres péchés et pour que ses vœux amoureux soient entendus au ciel.

La clochette de l'assistant a libéré tous les auditeurs. Ils se sont relevés. Lui, pas. C'est devant Oriante qu'il demeure à genoux, requérant du plus ardent de son âme qu'elle daigne le voir et se chagrinant qu'un invisible message ne la prévienne pas. Enfin, d'un trait de son bel œil, elle l'a rencontré, et subitement, sur sa pupille agrandie ses paupières se ferment. Elle reste ainsi quelques secondes, immobile, aveugle, sans qu'aucun indice n'affleure à la surface de son clair visage, et se détournant lentement, elle prend la main de son Seigneur, le prince d'Antioche, et la tient dans ses mains si douces, – geste dont le rude Seigneur s'étonne avec bienveillance, – comme si elle s'abritait, derrière un bouclier, contre quelque danger qu'il cherche et ne voit pas. S'est-elle évanouie ? Ou bien lui a-t-elle murmuré une prière ? Il l'enlève dans ses bras, comme celui qui vient d'acheter une brebis. Il l'emporte, sans qu'elle veuille jeter un seul regard sur son ami.

Pensez à ce que fut la douleur de Guillaume, quand il la vit ainsi installée dans son monde chrétien, qu'il avait perdu à cause d'elle, et qu'elle-même l'en chassa ! Il demeura sur place, accablé par une stupeur farouche et tout occupé à regarder la douleur courir en lui. « Elle le choisit devant moi ! » Il sentait physiquement cette phrase pénétrer en lui par ses yeux, par ses oreilles et descendre avec les ravages d'un éclair mortel à travers tout son être. Il s'aperçut avec dégoût qu'il eût préféré mille fois qu'elle fût morte. « Maintenant, se dit-il, j'ai cent années d'expérience, et je sais que les hommes n'ont d'amour sûr que l'amour de leur mère. Entre toutes les femmes, il n'y a de vrai que notre mère. »

XI

C'est dans l'amour heureux que notre âme respire. Elle s'y vient recharger d'allégresse et de chant. Préférer quelque autre à soi-même, s'élancer avec respect derrière un gibier divin pour lui faire son bonheur, lancer au ciel des louanges et des remerciements, quelle trêve dans nos misères, quelle brèche dans nos brouillards, quelle révélation peut-être sur l'après-vie !

À cette euphorie de l'amour, à cette plénitude que mettait dans son âme et son corps la confiance d'être aimé par celle qu'il aime, succède chez Guillaume un vide affreux. Toute la force physique et spirituelle que lui donnait son trésor secret s'écoule massivement, en une seconde, comme d'une outre crevée par un coup de poignard. Et d'épuisement le malheureux s'endort sur le gazon.

Agité par les rêves et le chagrin, il se retournait fiévreusement sur cette terre ingrate, quand sous la nuit qui commençait il crut entendre murmurer son nom, et peu à peu, le sentiment lui revenant, il distingua une figure penchée sur lui et la douce chaleur d'une jeune bouche qui lui parlait d'une voix basse, avec une tendre amitié. Il reconnut Isabelle. Et tout de suite, s'attachant à elle avec un furieux désespoir :

– Pourquoi vient-elle de me renier ? Est-il possible ? Est-ce là son accueil ?

Isabelle
Elle m'envoie près de vous.

Guillaume
Elle m'a fui.

Isabelle
Elle a eu peur.

Guillaume
De moi ! Qu'imagine-t-elle avoir à craindre de son ami ?

Isabelle
Elle a été surprise par un retour inattendu.

Guillaume
Inattendu ! Mais n'était-ce donc pas pour la vie, notre amitié ?

Isabelle
Ma présence rapide est un gage que vous lui êtes toujours cher. Elle m'envoie à votre recherche en signe d'amitié éternelle.

Guillaume
Elle t'envoie ! Sans doute qu'elle ne veut pas sacrifier une seule minute du temps qu'elle consacre au vainqueur. Depuis six mois, qu'ai-je eu d'elle ? Je l'ai attendue sur l'Oronte, à Damas. Avec quelle ardeur confiante, j'accourais ici ! Et tout à l'heure son visage d'effroi pour moi et d'amour pour cet homme ! Plût au ciel que jamais je ne fusse venu dans Qalaat, que jamais cette voix menteuse n'eût exercé sur moi sa puissance magique ! Elle me trompait donc, quand elle me prenait dans ses bras pour me dire : « Je t'appellerai à mon lit de mort ou bien je courrai au tien, et je t'adresserai de tendres adieux. » Tout cela pour qu'aujourd'hui j'arrive et que j'éprouve l'horreur de la gêner dans ses nouveaux plaisirs.

Isabelle
Ne risque pas d'être injuste. Pourquoi suis-je ici ? Il serait plus prudent pour elle et pour moi que je reste dans le palais. Mais me voici, contre toute sagesse, qui cours à tes injures et à bien d'autres dangers. Explique cela autrement que par notre amitié ! Si tu savais de quelle manière touchante…

Guillaume
Je sais que je lui donnais asile avec ivresse dans mon cœur, qu'elle s'y est blottie pour me mordre avec plus de joyeuse sûreté et s'est glissée rapidement loin de moi en m'abandonnant à la pire souffrance. Et toi, femme méchante, tais-toi qui l'approuves dans sa prudence ! Mais non, poursuis ton récit. Ou plutôt qu'elle vienne me le faire elle-même, si elle n'est pas une esclave.

Isabelle
Esclave ! Peux-tu le lui reprocher ? Tu lui en avais préparé la vie. Elle le redeviendrait sans doute, si elle obéissait sans précaution à tes exigences insensées. Avec ses seuls moyens, elle a su dépasser l'esclavage et reconquérir le diadème que tu avais laissé tomber. Cela ne va pas sans ménagements, ni habileté.

Guillaume
Je ne puis pas supporter cette contradiction qu'il y a dans son accueil et dans tes paroles. J'ai trop vu qu'elle s'accommodait d'une nouvelle vie.

Isabelle
Elle n'est pas faite pour mener une vie inférieure à celle des rois. Est-il dans vos vœux d'amoindrir celle que vous mettez au-dessus de toutes les femmes ?

Guillaume
C'est un coup inattendu qui me frappe.

Isabelle
Tu pouvais bien le prévoir.

Guillaume
Je ne le croyais pas. Je croyais que, quoi qu'il fût arrivé, elle avait son visage tourné vers moi seul avec une indomptable liberté.

Isabelle
Mais qu'une fille demeurât libre au milieu de tant de vainqueurs, c'eût été un miracle.

Guillaume
Je croyais qu'elle serait ce miracle.

Isabelle
C'eût été la seule.

Guillaume
Eh bien ! oui, la seule ! N'est-elle pas unique ? Sa figure était d'or, d'argent, d'azur, de jeunesse, de pudeur, de plaisir tendre et de fierté, et tout à l'heure un flot de honteuse tristesse m'a flétri le cœur quand je l'aperçus. Elle m'était le paradis vivant, quelque chose au-dessus de la terre, une musique d'enchantement, et voici que je reçois de son clair visage et de son regard toutes les misères humaines. Je voudrais qu'elle mourût, et pourtant je ne puis pas renoncer aux lambeaux de notre bonheur. Qu'elle périsse avec moi ou qu'ensemble nous soyons heureux !

En parlant ainsi, il serrait dans ses bras Isabelle et, les yeux fermés, couvrait sa figure de baisers qu'elle repoussait doucement, un peu épouvantée et disant :

– N'oubliez pas que je suis Isabelle, non Oriante.

– Je l'aime et la hais, je suis trop malheureux. Si elle veut m'assassiner, pourquoi n'est-ce pas de plaisir en m'embrassant ?

Il disait d'elle les choses les plus tendres, puis la couvrait de reproches et d'imprécations, comme si elle eût été présente. Cependant, à sentir contre lui des formes charmantes, sa fureur devenait douceur, plainte et plaisir, toute son âme confusion, et ses menaces de plus en plus lointaines finissaient en remerciements pressants :

– Sur cette prairie de mon bonheur, dans cette ville où j'ai été deux fois heureux, une seule m'accueille ! Isabelle, je vous remercie et vous aime.

Isabelle
Nous vous aimons, toutes, d'amitié, mais c'est avec elle seule que vous êtes lié d'un amour égal des deux parts, d'un amour jusqu'à la mort, qui chez vous n'empêche pas l'injustice. Vous disiez qu'elle était un ange, maintenant vous la traitez de démon. Vous la mettez tantôt au-dessus d'elle et tantôt au-dessous. C'est une femme. Elle veut comme toutes les femmes que celui qu'elle aime soit le plus fort. Écoutez nos avis. Elle vous remercie d'être venu. Comme vous avez tardé ! Je ne l'ai pas blâmée quand elle n'a pu vous rejoindre à Damas. Voulais-tu voir, loin du ciel de sa patrie, ton bel oiseau de paradis piétiner chétivement dans les ruelles de l'exil ? Et c'est moi, aujourd'hui, qui viens de la dissuader de vous rejoindre sur cette pelouse. Si quelqu'un se doit perdre, que ce soit la pauvre Isabelle. Mais Oriante viendra. Tu la prendras dans tes bras. Et me voici pour en chercher avec toi le moyen, que nous trouverons sûrement.

Guillaume
Dois-je vous croire, toutes les deux, aujourd'hui ! Jadis, pas une fois je n'ai mis en doute sa parole. Je n'avais aucune idée qu'elle pût me mentir, puisque je ne demandais qu'à lui obéir et que si elle m'avait prié de mourir volontairement au lendemain de quelqu'un de nos plaisirs, je l'aurais fait en me sachant encore son débiteur. Ce qui s'est passé depuis lors est trouble.

C'est possible que je comprenne mal, car moi, je suis seul pour raisonner, tandis que vous étiez deux pour délibérer de moi, si toutefois vous en avez pris la peine. Je n'ai pas de confident pour m'aider à voir clair. Et cependant si j'ai souffert, ce n'est pas sans raison.

Isabelle
Enfin, tu lui reproches d'être vivante, pleine de jeunesse et d'amour. Préférerais-tu qu'elle fût morte ?

Guillaume
Soit, je ne reproche rien au passé. Il faut demander la mort ou bien accepter la vie. Je veux ramasser les morceaux de mon bonheur. Es-tu venue pour me laisser sans espérance ? La meilleure part de mon être refuse de croire que deux beautés que j'aime puissent mentir, et je veux suivre, les yeux fermés, cette confiance, fût-elle une illusion. Que dois-je attendre exactement ?

Isabelle
Écoute-moi donc, maintenant que tu parais maître de ta raison. Et d'abord ne reste plus à rôder, tu nous perdrais tous. Nous avons près d'ici, sur l'Oronte, un musulman qui est notre obligé. Il te prendra à son service et te logera, et nous saurons t'y visiter.

Guillaume
Elle, avec toi ! Venez toutes les deux. Tu me permets de te dire que tu ne me suffis pas, mais c'est également vrai qu'elle seule me ferait trop de mal.

Isabelle
Nous deux, et c'est elle qui te dira et te prouvera son amour. Elle viendra te voir et glisser à ton doigt l'anneau du plaisir.

Guillaume
Dame sœur, je vous aime, vous m'avez été bonne et secourable, et ce que j'ai de plus beau dans la mémoire, je vous le dois. Jamais rien de ce que

vous me demanderez, je ne pourrai vous le refuser. Et aujourd'hui encore, ma Savante, voici que vous venez de me réconforter. Votre amitié m'est plus douce que le ciel pur apparaissant après l'orage, quand nous naviguions de France en Syrie.

Isabelle
Il n'était pas possible que le dernier mot d'un si grand amour fût pour souhaiter qu'elle mourût, celle qui vous donna sa foi.

XII

Au lever du jour, sire Guillaume s'en alla chez le pauvre musulman que lui avait indiqué Isabelle et se mit à son service comme un simple manœuvre.

Il défonce le sol, il y plante des légumes qu'il arrose avec l'eau de l'Oronte, et cet humble jardin d'un autre, il l'entoure soigneusement d'un mur de terre battue. C'est à ce prix qu'il achète sa subsistance quotidienne et le droit de se construire la cabane où il recevra ses deux amies. Peu lui coûte cette vie d'efforts grossiers, car il aspire à user ses forces, à dissiper en sueurs d'esclave ses trop douloureuses pensées. Au milieu des pierres et des ronces, sous le soleil implacable et dans ces travaux qui le brisent, il songe aux plaisirs qu'Oriante lui a donnés et qu'elle lui renouvellera. Il guette s'il voit un messager qui court lui annoncer la visite des deux femmes. Alors il se baignera dans l'Oronte, il cueillera des fleurs, et le soir elles se glisseront toutes deux dans sa cabane avec leur phosphorescence de tristesse et de volupté.

Ce soir arriva. Elles apparurent dans ce demi-désert de la rivière, toutes deux essoufflées, et Isabelle portant un panier à la manière des jeunes dames charitables qui visitent les malheureux. Le premier mot, le cri du jeune homme, en saisissant de ses deux mains les poignets de la Sarrasine, fut :

– Maintenant je te tiens ! Quand partons-nous, tous les trois, vers Damas, vers Tripoli, n'importe où, ailleurs, loin d'ici ? Ne perdons pas notre temps à discuter le détail. Dis-moi d'une phrase claire que tu veux venir avec moi.

– Me voici venue près de toi.

– Prête à me suivre ?

– Plût au ciel que ces gens ne fussent pas surgis ! Je jure que j'aurais voulu passer toute ma vie sous ta fidèle protection.

– Ah ! menteuse, perfide, que j'ai attendue six heures d'une nuit de désespoir sur l'Oronte et six mois pires encore dans Damas, et qui, pour mon retour, s'est jetée sous mes yeux dans les bras de son nouveau maître.

C'est la fièvre et l'excès du chagrin, comme le montre sa figure ravagée, qui le font parler si durement. Mais Oriante, surmontant l'émoi de cet accueil violent, va droit à son agresseur, les yeux dans les yeux, la parole et l'âme tout en flammes :

– Sans me plaindre, sur ces cailloux, sans avoir peur de la mort qui ne me serait pas épargnée, brûlée du soleil, déchirée par les ronces, j'accours, je viens me jeter par amour sur cette misérable natte, et ce sont des reproches que je trouve dans ta bouche, et, plus encore, dans ton cœur. Cependant quel crime ai-je commis ? J'ai cédé à la force, je suis entrée malgré moi dans le lit d'un nouveau maître. Faut-il me tuer pour ce crime involontaire, dont la cause est ta propre défaite ? C'est toi qui m'as laissée à la honte d'un partage, comme un vil butin, et qui m'as livrée aux orgueilleux caprices de tes compatriotes chrétiens. C'est le sort qui a si cruellement disposé d'Isabelle comme de moi, mais tu n'as pas le droit de nous reprocher ce que, toi, qui es un homme, tu n'as pas su nous épargner.

– Tu t'enveloppes habilement d'obscurité et tu fuis loin de mes droites questions. Réponds cependant. Pourquoi ne m'avoir rejoint ni sur l'Oronte, ni à Damas ?

– Eh ! le pouvais-je, ingrat ?

Ses yeux prirent un aspect noir et, tout remplis de leurs pupilles dilatées, transformèrent soudain sa figure harmonieuse :

« Quels accents, quelle plainte exhaler qui répondent à ma douleur ! De quoi me plaindrai-je d'abord ? D'avoir perdu mon ami ou d'être insultée dans mon malheur ?... »

Mais il mit précipitamment sa main presque violente sur cette bouche trop charmante, pour étouffer une voix qui voulait lui faire mal :

– Ne viens pas ici pour me faire souffrir et user de ton sortilège, mais pour me guérir de mon amour en l'usant. Ne parle pas de ton malheur, quand à mon retour je vous trouve satisfaites, épanouies dans votre transfiguration.

– Tu nous préférerais malheureuses ?

– Oui, s'il ne faut pas mentir, c'est malheureuse que j'espérais te retrouver. Mais tu m'as renié, par déplaisir de me revoir, et j'ai vu que tu l'aimais.

– Toi seul, homme injuste, j'ai aimé.

– Tu as confiance en lui, tu fais appel à son amitié.

– Il a été bon... Laisse, Isabelle, il lui faut dire la vérité.

– Alors le chef t'a choisie ?

– Personne jamais ne me choisira. C'est moi qui sais me faire supplier.

– Le soir même, quand je t'attendais et comptais sur la parole jurée…

– Non.

– Une nuit pourtant, je le sais, une révélation me l'a dit…

– Que pouvais-je ? Il était bon pour moi. Que pouvais-je faire ? Tu n'avais pas su me sauver. Pourquoi tes regards me fuient-ils ? Pourquoi me regardes-tu avec cette douleur ? Tu veux me faire mourir de chagrin. Je ne te cache rien. Il faut voir ce qu'étaient ces jardins pleins de cadavres, cette odeur de mort dans la forteresse, toutes les femmes folles du désir de vivre, suspendues à ceux qui voulaient bien d'elles et sollicitant avec terreur des furieux qui pouvaient devenir des sauveurs. Tu ne sais pas jusqu'à quel point personne ne se possédait plus. Mais lui ne m'a pas brusquée ; il a fait tout au monde pour me plaire ; il a su m'émouvoir. Je te croyais mort, j'étais tentée de mourir.

– Tentée de mourir ! Que n'as-tu alors, en fuyant avec moi, accepté de courir cette chance de mort ou de salut ?

– Mes pieds ne m'auraient pas portée vers la pauvreté et l'obscurité.

– Ils t'ont portée vers son lit.

– Où donc étais-tu, toi qui parles si durement ? Sur l'Oronte ! Eh bien ! Ce n'est pas là qu'il te fallait veiller, mais en travers de ma chambre dorée. Et lui, t'en souviens-tu ? C'est toi qui m'as fait son éloge. Tu te rappelles nos soirs sur le haut de rempart ? Tu me disais que les chrétiens, mieux que les Arabes, honorent les femmes. Nieras-tu que tu m'as déclaré : « Ce n'est pas mon rôle de massacrer les gens de mon pays. » Dans ce moment, j'ai compris que tu ne pensais pas que tes intérêts fussent confondus avec les miens. Quand je t'avais sacrifié mon Seigneur naturel, tu me préférais tes frères de naissance. C'est toi qui m'as infligé leur éloge ; c'est toi qui m'as abandonnée, et pourtant c'est toi, sache-le donc, que je cherche à retrouver en eux. Je jure que s'ils me plaisaient si peu que ce fût, ce serait pour quelque ressemblance.

– Isabelle, Isabelle, appelait le jeune homme, avec épouvante et désespoir, vous l'entendez ! Comment se fait-il qu'il y ait en elle quelque chose de vrai et qui passe en douceur toutes les images d'église que je garde dans mon esprit, et puis, soudain, par une métamorphose que je ne m'explique pas, alors que dans ses bras j'entends le battement de son cœur et reçois la chaleur de son corps, je la sens qui pense hostilement contre moi. Je joue avec une charmante couleuvre, innocente, subtile, mon amie, et soudain la tête s'aplatit, le dard apparaît, c'est une vipère, dont il faut bien que je souhaite la mort. Ou plutôt qu'elle vive et que moi, je cesse d'exister.

Oriante se taisait et sentait sa puissance.

Mais Isabelle :

– Ne sauriez-vous prendre un peu de bonheur ! Rappelez-vous ce que dit le poète : « Entraînée par le blanc coursier du jour et par la cavale noire de la nuit, la vie galope à deux chevaux vers le néant. » Dans cette minute, sire Guillaume, tu tiens ton amie à ta discrétion. Elle est ici, nulle part ailleurs. Elle t'offre ses caresses. Ne vas-tu lui répondre que jalousie et méchanceté, et crois-tu qu'il soit raisonnable que tu repousses ce que tu désires au point d'en mourir ?

Sur la pauvre natte de jonc, recouverte de fleurs, elle jetait leurs manteaux, et Oriante attirant contre elle son ami :

– Que je sois plus glacée que la brebis galeuse, quand privée de sa toison elle demeure exposée à la pluie et au froid de l'hiver, si ce n'est pas toi que j'aime. Mais que me reproches-tu ? La lionne peut se défendre contre les attaques du chasseur ; elle protège les abords de son antre contre toute une armée de cavaliers : que peut-elle, si les fourmis se dirigent contre sa caverne en longues files, envahissent ses membres et la couvrent comme d'un tapis de haute laine ? Que pouvais-je, quand mon ami, mon défenseur et mon frère, m'avait abandonnée ? Mes pensées se traînaient ici, l'aile brisée : comment auraient-elles franchi l'espace jusqu'à Damas ? Après avoir essayé de tournoyer dans la nue, elles retombaient au fond de Qalaat. Ce qui naît de mon cœur, si je suis seule ; ce qui court à mes lèvres quand Isabelle et moi, dans la solitude, nous causons ; mes pensées vraies, mes paroles libres sont uniquement pour toi. Comment pourrais-je te rejeter ? N'es-tu pas l'artère qui nourrit mon cœur ? Comment pourrais-je, aussi complètement que je le voudrais, en caresses, en paroles, en effusions d'une joie qui ne peut tenir en place, t'exprimer ma tendresse ? Quel vide tu m'as laissé ! Je n'aurais pu supporter ton absence sans Isabelle. Lumière fidèle de ma vie ! Une fatalité nous oppresse, c'est à nous de la surmonter. Prends-moi dans tes bras, appuie ta joue contre la mienne, et laisse glisser sur nos deux visages mes cheveux dénoués.

Et lui :

– Oriante, après tant de jours écoulés, je retrouve enfin ta voix, ton regard, et tout ce qui rayonne de toi m'enchante et me fait mal. Combien j'ai souffert, en revoyant notre palais, nos allées, notre prairie, ces lieux où tu as continué, moi parti, de subir la vie. Quelle douleur de t'y voir joyeuse ! Est-ce un crime de maudire tes jours, si j'en suis absent ? Le crime n'est-il pas plutôt de me saisir, malgré moi, des offrandes de ta présence ?

Le charmant visage aux yeux pleins de feu, penché sur lui, l'empêcha de poursuivre plus avant une plainte devenue mensongère. Et tandis que les deux amants demandaient au plaisir d'apaiser et de confondre leurs âmes, Isabelle s'occupait à préparer les provisions qu'elle avait apportées dans sa corbeille, car elle savait que le chagrin et le bonheur n'empêchent pas deux jeunes amants d'avoir bon appétit, au sortir de leurs tourments et de leurs extases.

Vainement Guillaume, quand ils eurent repris leurs esprits, essaya-t-il de revenir à l'idée de leur départ vers Damas ou Tripoli, où leurs cœurs, disait-il, trouveraient le repos. Oriante sut esquiver toute réponse nette, et le quitta en lui faisant jurer qu'il était satisfait et qu'il ne voulait pas qu'elle fût malheureuse de le croire malheureux.

À travers les roseaux de sa cabane, il les regarda s'éloigner et souffrit de leur prudence, trop justifiée, qui les empêchait de se retourner pour lui faire aucun signe d'adieu. Il pensa même qu'Oriante était joyeuse, soit qu'elle le fût en effet d'avoir éprouvé sa force sur un furieux, soit que l'harmonie et la grâce aient toujours un air d'allégresse.

XIII

Exactement Oriante s'en allait malheureuse que son ami souffrît à cause d'elle, mais tout de même heureuse de cette souffrance qui lui prouvait combien il l'aimait et qui lui donnait une merveilleuse tranquillité de cœur, pour se livrer aux soins de sa gloire. Bien assurée qu'il était des deux, dans cette période, celui qui aimait le plus, elle pouvait penser à autre chose. Mais lui, il éprouvait cette lourde hantise qui vient de la plus vive épaisseur du sang et se dérobe au contrôle de la raison, et il y joignait les tourments d'une incessante dialectique intérieure.

Des mots qu'elle avait prononcés ou bien évités, des regards qu'elle avait lancés ou voilés, certains de ses silences même, autant d'indices qu'il rapprochait et déchiffrait avec une continuité douloureuse. C'était comme des fragments d'une construction dans la plaine, comme les débris d'une grande faïence à inscriptions ou plus vraiment, hélas ! un alphabet de blessures. La phrase qu'elle avait jetée à Isabelle : « Il faut tout lui dire, » n'empêchait pas que tous les mystères subsistassent. Sur la tête de l'ardent jeune homme régnait l'éclatante lumière et dans son cœur le noir soupçon. Il lui semblait que l'implacable soleil de Syrie et la volonté d'Oriante collaboraient pour le corroder, le dissoudre, en sorte qu'il ne restait de son être que son amour qui lui faisait mal.

Le soir, il voyait à quelque cent mètres, par-dessus la rivière, la lune bleuir les jardins du harem, et de son cœur une longue prière montait vers le bel oiseau transformé dont ils demeuraient la cage. C'est par une nuit semblable qu'il a, pour la première fois, entendu la Sarrasine épanouir son âme en trilles harmonieux, et qu'il fut arrêté net dans sa libre marche à travers la vie. Parle ou tais-toi, magicienne, ton chant continue d'agir au fond d'un cœur empoisonné. Fréquemment, pour quelque fête, sous les espaces pleins d'étoiles, la cime des arbres de Qalaat balançait dans le ciel profond le reflet des torches qui groupaient les musiciens, et les musiques, après avoir réjoui les vainqueurs, venaient s'achever en vagues de tristesse sur sire Guillaume, étendu dans les ténèbres de sa cabane. Mais ce ciel, ces feux, cette musique le troublaient moins que les souvenirs enfermés dans son cœur. Il avait les nuits d'un homme piqué par un serpent. « Quand elle lève son bras, songeait-il, je vois au-dessus de son coude luire son anneau d'argent, mais je sais, sans l'avoir vu, qu'elle loge un aspic dans sa large manche. » Jusqu'à ce que le noir sommeil daignât l'accueillir, il restait en proie à ces images ennemies et préparait les questions auxquelles il la soumettrait à sa plus proche et toujours incertaine visite.

Parfois, à mesure que le charme de cette visite se dissipait, comme se dissipent un air de musique et sa douce puissance, il voyait se lever en lui un être de haine, et ce personnage nouveau, il l'accueillait avec un âpre plaisir ; il le nourrissait avec soin, parce que dans ces éclipses momentanées de sa tendresse, il reprenait de la respiration et des forces. Mais comment se fût-il maintenu dans cet exil, comment son imagination de vaincu de l'amour ne fût-elle pas revenue rôder sur la rive du bonheur ?

Il ne retrouvait son calme qu'au moment où il tenait, comme un noyé saisit la bouée de sauvetage, le corps même de son amie et se soumettait à sa voix éloquente. Cette parole, ces serments, ces indignations, cette force vitale le persuadaient, autant que duraient les serments, les pleurs, les rires et la parole. Puis Oriante partait, et de nouveau il l'attendait des semaines entières.

Il eût voulu prendre ces semaines d'entr'acte, ces semaines mortes et les jetant par-dessus son épaule, déblayer le passage. Mais que sert ce bouillonnement du sang contre le froid écoulement des minutes ? Dans cette paralysie, tous ses soupçons et ses désirs le dévastaient, le brisaient par leur élan qu'il empêchait. Il désirait Oriante de toute la multitude de ses idées claires et de ses appétits obscurs. Il lui semblait être un vol d'oiseaux brutalement retenus dans un filet. Et quand soudain, après un temps, elle apparaissait, elle certainement et pas une autre, accompagnée d'Isabelle, sa soif, son plaisir, son ardeur prenaient une intensité de douleur.

– Tout devient clair, aisé, quand je t'ai près de moi ; tout mon chagrin s'embrume des subtiles particules qui se lèvent de nos amours réunies, mais quelle effroyable limpidité sèche, peu après ton départ ! Donne-moi donc une nouvelle âme, Messagère des étoiles ; la mienne est inguérissable de sa méfiance et surtout du souvenir de ton excellence. Fais que j'oublie ce que je ne reçois plus. Je ne mentirai pas : toi présente, je cesse de souffrir ; ta chevelure de lumière, tes yeux éblouissants, ta voix charmante me ressaisissent, m'empêchent de me soustraire à ton influence despotique et de creuser librement tes fautes. Ah ! que tu me gênes ! Sitôt qu'un souffle ride la surface tranquille et passe sur mes traits, dans mes yeux, sitôt que mon âme se détourne fugitivement, tu le sais : tu lis ce qui se passe au dedans de moi, tu pressens ce que je vais penser et tu m'empêches que je ne veuille le dire. Comme on tirerait sur le licol d'un animal domestique, tu tires sur mon amour et me remets dans le sentier d'où je voulais m'échapper. Pendant deux heures, tu m'obliges à être heureux, frivole, oublieux. Mais à peine es-tu partie, je reprends mon vagabondage de tristesse. Nul de mes griefs n'est mort, ils se redressent sitôt que j'échappe au feu de ton regard et à l'harmonie de ta voix. Sûrement quelque part, dans cette vie d'où je suis banni, de quelle manière, je l'ignore, avec quel sentiment, je m'épuise à le rechercher, tu me renies tout en me gardant. « Non, » dis-tu. Ah ! tout mon cœur sait que tu es chargée d'intérêts et de soins que je ne connais pas et qui te protègent, te prémunissent contre l'obsession dont je meurs. Entre nous le jeu n'est pas égal. Que puis-je espérer de sûr et d'éternel ? Pourtant je ne veux rien d'autre. Il fallait me rejoindre sur la route de Damas.

— Laisse la question de savoir comment nous devions agir dans la tempête, maintenant que le bleu a réapparu dans le ciel.

— Le bleu est sur Damas, sur Tripoli, sur l'Europe, sur le désert, sur toute l'Asie, mais non ici. Dans tes bras, où que ce soit, je trouverai le bonheur, je trouverai l'univers. Mais toi, tu préfères nos souffrances et ta chaîne à la liberté d'être tout l'un pour l'autre.

Elle se taisait. Et la sage Isabelle :

— Tous vos grands projets ne doivent pas empêcher celui pour lequel vous vouliez d'abord vous rejoindre, et je ne vois pas qu'il soit raisonnable de vous priver aujourd'hui de ce que vous cherchez le moyen d'avoir toute votre vie.

Mais bientôt sire Guillaume reprenait :

— Je veux cesser d'être un mort. Je rentrerai dans la vie. Je ne peux supporter que vous soyez aux mains de mes amis, de mes frères, sans que je leur dispute mon bien. Pourquoi ne voulez-vous pas que j'aille vous rejoindre ?

— Plus tard, cela sera.

Et toujours ainsi, jusqu'à ce qu'Isabelle se rapprochant d'eux leur dit :

— C'est l'heure ! Il faut partir. Nous reviendrons bientôt, et la prochaine fois vous vous accorderez.

XIV

Monotonie d'angoisse où alternent des surprises de douleur et de plaisir : douleur, quand il voyait des lacunes inexplicables dans les histoires claires d'Oriante, et plaisir plus profond que la mort quand elle se glissait jusqu'à son abri. Jamais un refus, parfaite envers lui. Mais ailleurs ? Il frissonnait de douleur.

L'homme blessé ne dort pas et ne laisse pas dormir. Un jour enfin, à bout de forces, il prit sa résolution et lui dit :

— Tu ne veux pas quitter Qalaat. Eh bien ! Je ne peux pas demeurer dans cet abaissement. De semaine en semaine, tu m'ajournes, quand je te demande de décider notre destin ; je n'accepte plus l'immobilité. Nous avons eu pour breuvage une eau pure. Comment pourrais-je pour toujours m'accommoder d'un amour mélangé et trouble ? Qu'est-ce que ces plaisirs sans fidélité ? Des plaisirs où j'appelle vainement le bonheur, les plaisirs du désespoir. Éclat des perles et de la jeunesse, étincellement de ta venue, j'ai peur de blasphémer de généreuses largesses, et de paraître ingrat envers les plus belles minutes du destin. Qu'elles restent bénies ! Mais pour finir, elles m'ont jeté tout rompu dans la plus noire douleur. J'ai trop entendu ce qui se dit dans le silence du fond de votre âme et qui refuse de renier celui sur qui vous vous bornez à me donner la primauté, en gardant un opiniâtre orgueil de son amour qui m'offense.

— Pourquoi êtes-vous jaloux de ce chrétien ? Vous ne l'étiez pas de mon seigneur musulman.

— Je ne l'étais pas.

— Pourtant j'ai dormi des années sur son cœur.

— Vous ne l'aviez pas choisi, moi existant. Il était antérieur à notre premier regard et pour ainsi dire à notre naissance. Ce n'était pas une injure à notre sentiment. Il ne me volait pas mon espérance. Je suis jaloux des rêves que vous faites avec ce nouveau maître. Pour supporter toutes les douleurs qui foisonnent dans un amour et toutes les révélations que nous donne la vie sur un objet aimé, il faut mettre nos forces et nos ivresses d'amant dans une action commune qui nous semble éternelle, les échauffer et les engager indissolublement dans quelque construction qui nous importe plus que notre vie bornée ; pour qu'avec ses sombres écumes la passion ne nous corrode pas, il faut qu'elle ne stagne jamais, qu'elle soit un grand fleuve emportant nos espérances vers des rivages toujours neufs et non un étang que corrompent ses plus belles fleurs de la veille. Mais c'est avec un autre que tu jouis de cet amour constructeur. Et moi, quelle est ma part ?

– Mes caresses, ingrat.

– D'assister à travers tes caresses à votre œuvre commune. Vous construisez quelque chose ensemble, et moi j'aurai le plaisir tout court, la minute qui ne peut être éternisée. Je refuse. Assez de ténèbres ! Vous que j'aime, cessez de m'obliger à vous haïr. Partons, ou je vais aller au milieu des chevaliers, mes pairs, hardiment réclamer votre amour tout entier.

Il attendait un consentement, qu'immobile elle lui refusa.

Alors, après deux minutes de silence, solennellement il jura :

– Quand tu devrais mourir de male mort, toi que je préfère mille fois à moi-même, j'irai dans Qalaat, à visage découvert, et honteux de t'avoir trop longtemps cédée sans combat, je courrai à tout risque, tous deux dussions-nous y périr, les chances de notre destin. Que les saints nous protègent ! C'est fini des ajournements. L'inévitable va se précipiter.

– Dieu ! dit Isabelle.

– Je le savais, dit la musulmane, qu'il voudrait tout détruire de ce que nous avons construit.

– Je ne veux pas de constructions faites avec des mensonges.

– Insensé, tu veux que nous périssions, nous périrons ensemble. Avec toi, je veux mourir ou vivre, sans me diminuer. Je ne te cacherai rien de ce que je pense et que tu peux reconnaître, si la vérité dans son plein soleil ne t'aveugle pas. Je possède ici la divine puissance qui surpasse toutes les autres, la royauté, et c'est un bien que je ne veux pas céder. Et c'est également vrai que je ne peux pas vivre sans toi. Tu veux partir et que je te suive ! Mes pieds, t'ai-je dit, ne me porteraient pas. Mais reste, et osons donc ! J'aime mieux des risques de reine que d'exilée et de mendiante. J'étais au ciel de Qalaat une grande étoile fixe et brûlante, je ne voulus pas être une flamme errante, une comète vagabonde, une pierre déchue. Tu redoubles, tu exiges que nous soyons semblables aux débris emportés par le torrent ? Soit ! Je me tiendrai dans le danger hardiment à ton côté. Viens au milieu de nous, explique comment tu as fui à Damas, et que tu veux reprendre ta place parmi les chrétiens. Les musulmanes se tairont ; je serai ta répondante, et souhaitons qu'une circonstance te hausse et me libère. Quant à moi, sache mon dernier mot, je ne puis ni te sacrifier, ni renoncer aux jardins de l'Oronte où je suis née pour être reine.

– Nous courrons toutes nos chances de vie céleste, et du moins je serai sorti de cette solitude infernale.

– Essayons donc cette folie, dit la sage Isabelle avec un sombre pressentiment, puisque aussi bien il est écrit : « Tandis que le sage reste sur la rive cherchant un gué, le fou aux pieds nus a traversé l'eau. »

Sans plus tarder, Oriante commença une savante intrigue. Sur ses indications, Guillaume changea de maître. Il alla chez un musulman auquel il dit qu'il arrivait tout droit de Damas et chez qui la Sarrasine ne le rejoignit jamais. Elle y envoya l'évêque d'Antioche, un saint prélat qui comptait sur elle en beaucoup de choses, pour diriger l'esprit du prince d'Antioche, et à qui elle s'était confiée sous le sceau d'une prudente confession. Sire Guillaume dit à ce vénérable messager :

– Je jure que j'ai été troublé par des prestiges. Au reste, j'étais venu dans Qalaat par ordre de mon seigneur de Tripoli, comme diplomate et garant de la paix, et jamais je n'ai combattu mes coreligionnaires ni desservi mon suzerain. Maintenant je voudrais revenir au milieu de mes pairs et mettre à leur service ma connaissance de la langue sarrasine.

Le saint homme vit l'utilité d'un jeune chevalier qui connaissait profondément la langue et les mœurs des païens, et décida de le servir.

Et déjà sire Guillaume est plus heureux. Voici des jours et des nuits qu'il se traîne dans des sapes obscures où le sable perpétuellement détaché des parois le submerge : quand il aperçoit un rais de lumière, comment n'y marcherait-il pas instinctivement, animalement, dût-il dans ce plein air trouver un pire péril ! Si c'est le dénouement par la mort, eh bien ! vive la mort et son repos béni !

XV

Que connut exactement l'évêque des aventures de sire Guillaume et de la belle Oriante, on l'ignore, mais c'est un fait qu'il entreprit de mettre sa haute puissance au service de ces deux amants. Avec tout ce qui s'élance vers le ciel et fournit de la jeunesse, du feu, de la force, le vénérable prélat veut construire la chrétienté de Syrie. Quel abîme entre le chaos présent, que règle seule la chance des batailles, et le royaume qu'il rêve de réconcilier à la gloire du Christ ! Il aime ces dames sarrasines qui viennent de se convertir et qui peuvent enfanter une nation nouvelle, il aime ce soldat retrouvé, si plein d'expérience, et il a bon courage, avec ces matériaux précieux, de jeter le pont sur l'obstacle.

Un jour, au sortir de la messe, sur le parvis de l'ancienne mosquée, devenue l'église, il s'approcha du prince d'Antioche, en tenant sire Guillaume par la main, et lui dit :

– Seigneur, j'ai par bonne aventure entendu en confession ce chevalier que voici et qu'à son humble vêtement j'ai d'abord pris pour un musulman. Il m'a dit une merveilleuse histoire que, s'il vous plaît d'ouïr, je vous répéterai. C'est un chevalier charmé. Il a reçu un enchantement, qu'il ne s'explique pas lui-même, dans vos jardins de l'Oronte, un jour de jadis qu'il était venu à Qalaat en mission de son suzerain le comte de Tripoli, et depuis lors il dépérit s'il s'en éloigne. À son grand dam, quand vous assiégiez la ville, il l'a quittée pour ne pas verser de sang chrétien ; il a erré, comme un égaré, à l'aventure, et maintenant il revient dans ces lieux de sa fascination, en demandant au vrai Dieu de venir à son aide. C'est un mal de l'âme, dont il faut que nous l'aidions à se guérir, et l'un et l'autre nous vous demandons que vous l'acceptiez dans votre familiarité, pour qu'il ait son apaisement, en même temps qu'il sera l'un de vos fidèles.

Et quand le prince eut entendu cette requête, comme un sage monarque, il s'éloigna de quelques pas et appela plusieurs seigneurs de bon conseil, qui sortaient, eux aussi, de la messe. Leur entretien fut court, et revenant à sire Guillaume il lui dit publiquement :

– Messire Guillaume, pour l'honneur et l'amour du saint prélat qui vous accompagne, et en considération des services que votre connaissance des langues sarrasines nous réserve, nous vous accordons votre requête, en priant Dieu que votre charme vous soit allégé, et nous vous demandons de venir dès aujourd'hui souper avec nous. Ainsi donnerez-vous plaisir à nos dames qui savent surtout le langage sarrasinois.

De cette gracieuse réponse l'évêque et Guillaume remercièrent le prince, et Guillaume toucha la main de tous ces chevaliers, parmi lesquels plusieurs connaissaient ses amis et sa parenté. Puis l'évêque le conduisit au logement que d'accord avec la musulmane il lui avait préparé, où l'attendaient les vêtements qui convenaient à son rang retrouvé.

XVI

Le soir, à l'heure du souper, sire Guillaume se rendit à la forteresse et fut introduit dans la grande salle du jet d'eau, celle-là même où les femmes du sérail étaient venues l'écouter, jadis, quand il y mangeait en tête à tête avec l'Émir et qu'il lui contait, d'un si naïf enthousiasme, les amours de Tristan et d'Iseult. Journée charmante, sans amertume, souvenir antérieur au temps qui lui a fané le cœur ! Quand il eut salué le prince, il alla s'incliner devant Oriante et toutes les dames sarrasines, qui lui firent leurs révérences cérémonieuses, en cachant l'émotion qu'elles avaient de son retour. Elles ne marquèrent pas qu'elles le connussent, car plus que jamais elles obéissaient à Oriante, dont l'intelligence avait assuré leur salut, et se groupaient autour d'elle plus étroitement que ne fait une compagnie de perdrix épouvantées par les chasseurs.

Le repas servi à la mode franque fut présidé par le prince et par Oriante, qui avait à sa droite l'évêque. Toutes les jeunes femmes étaient mêlées aux convives, non plus couchées sur des coussins, mais assises autour de la table. Sire Guillaume occupait un bas bout. C'est bien douloureux pour lui de rentrer ainsi dans la vie ayant tout à reconquérir.

Le prince d'Antioche, l'évêque et les chevaliers causèrent paisiblement et fortement du grand projet qu'ils poursuivaient ensemble d'organiser une cité mi-syrienne, mi-franque, dont l'âme serait chrétienne. Oriante comprenait et flattait ces ambitions avec une prodigieuse habileté. Au-dessus de tous brillait son génie de fantaisie et de libre grâce ; cependant, elle se montrait parfaitement simple et bonne envers chacun de ces chevaliers, qu'elle traitait en vieux amis. Quand elle parlait, fût-ce au plus humble, c'était toujours en riant, et ses doux propos faisaient du bien ; aussi leurs regards s'attachaient avec admiration sur son visage fier et mobile, et chacun d'eux, en voyant tant de bonté unie à tant de beauté, croyait à un séraphin descendu du ciel.

Cette popularité encore, quel chagrin pour sire Guillaume ! Il n'a pas de reproche à faire à cette rare merveille. A-t-il su lui assurer la sécurité et le pouvoir ? Plus simplement, peut-il empêcher que le jeune cheval ne coure, les naseaux fumants, dans la prairie ouverte ? Est-ce à celui qui est assis au bas de la table de prétendre à l'amour avoué de la reine, et ne lui fait-elle pas un magnifique cadeau si elle l'accueille secrètement dans son cœur ? Il se raisonne, mais il ne peut accepter sans un amer chagrin la vue de tous ces intérêts qu'elle a en commun avec son nouveau maître et qui produisent une paisible abondance de fleurs et de fruits, pareils à ceux qu'il eût voulu cueillir avec elle.

Après le repas, quand les tables furent ôtées, les ménétriers sonnèrent pour danser. Oriante dansa avec plusieurs chevaliers sans s'occuper de Guillaume, parce qu'elle voulait rendre impossible tout soupçon. Puis les danses furent coupées de chansons, de récitations amoureuses ou joyeuses, et là encore, de bien loin, personne ne l'égala. Elle dit tous les poèmes que sire Guillaume avait le plus aimés. Et ce court moment déroula devant lui d'interminables souvenirs, accumula dans son âme une vie de douleur. Cherche-t-elle à l'émouvoir ou simplement recourt-elle à ce qui peut le mieux porter sur son auditoire ? Aux yeux du jeune homme, c'est une impiété et une trahison. Des phrases qui jadis voltigeaient si doucement d'arbre en arbre dans le verger, des paroles caressantes et familières comme des colombes sont devenues un tournoiement de corbeaux sur le cadavre de leur bonheur. Et quand elle module les plaintes sans paroles dont elle fait suivre chaque strophe, il y a des notes qui, à chaque fois qu'elle les touche, glacent le cœur d'angoisse. Guillaume admire comme un chef-d'œuvre cette souplesse de sa maîtresse, mais il se sent plus abandonné que dans ses matins de Damas, ou dans ses nuits de la cabane sur l'Oronte.

Après s'être associé aux félicitations de tous les auditeurs, il dit au prince d'Antioche :

– Je me souviens de quelques airs fameux, qui m'ont frappé dans mes voyages, et je voudrais voir si cette perfection les chante aussi bien que d'autres chanteurs que j'ai entendus à Damas. Voulez-vous me permettre de les lui demander ?

Le prince y acquiesça, et sire Guillaume dit en arabe à la sarrasine :

– Connaissez-vous la chanson qui débute ainsi : « La puissance de mon amante à dissimuler me glace » ?

Elle se tourna vers son seigneur, et attendit que d'un signe il lui permît d'obéir au vœu de leur hôte.

Elle resta un peu plus longtemps que de coutume les yeux baissés, à se dire à elle-même le poème pour bien s'assurer des mots et du rythme, puis immédiatement avant de commencer, elle leva ses paupières sur Guillaume, et il en sortit une douce lumière si vive qu'il reconnut sur ce visage, ainsi éclairé d'un reflet de l'âme, l'expression de l'étonnement le plus douloureux et le plus tendre.

Elle chanta :

« L'injuste amant s'est écrié : la puissance qu'a mon amante de dissimuler me glace. Mais l'amante qu'il ose blesser lui répond avec justesse : si c'est dissimulation, remercie Dieu qui m'en fit capable, car mon prince gît dans la mort et toi, dans l'abaissement, et je ne puis même pas abriter sous un voile mon visage.

« Les pensées qui remplissent mon cœur, tu me reproches que je les contienne, mais voudrais-tu qu'il les entendît frissonner, ces pensées qui te nomment et qui nous condamneraient, l'étranger qui, sur mon cœur de captive, infortunée que je suis, chaque nuit, pose sa tête ? »

Ce dernier trait bouleversa le jeune homme. Il dit en se contraignant qu'aucune chanteuse de par le monde n'approchait d'une telle perfection, et puis en arabe, pour elle seule, il ajouta que maintenant il ne pouvait plus entendre qu'un chant de mort.

Elle lui répondit :

« Les amants veulent mourir ensemble, mais sous les dalles de leurs tombes jumelles, l'amant verra-t-il le sourire, le doux visage de l'amante ?

« Je suis vivante, et dans mon cœur je garde pour me réchauffer vos sentiments qui sont ma gloire et mon plaisir. Que ferais-je dans la tombe de cet orgueil que je vous dois, de ma beauté qui vous est chère et de ce mortel sacrifice où, faible que je suis, je vous vois consentir ?

« Si mon amant exige que je meure, qu'il retire d'abord de mon cœur son cœur, puisque avant son amour je n'étais qu'une morte. »

En achevant de chanter elle eut pour sire Guillaume un regard où elle lui transmit d'âme à âme son secret : la courageuse volonté de vivre en acceptant les conditions de la vie. L'amitié qu'elle lui gardait demeurait ferme sous la vague mobile, mais elle accueillait toute la vaste mer. Et lui, son visage altéré, son cœur défaillant, tout son être détruit par cette beauté éblouissante dont il réprouvait la plasticité diabolique, il songeait : « Ce n'est pas elle que j'aime, mais une autre, sa supérieure, dont sa présence donne une idée et que je veux aller chercher par-delà la mort. »

Et tout en mâchant sa douleur il affectait de garder une attitude insouciante et amusée. Mais Isabelle la Savante vit le mensonge de cette gaieté et que sa lèvre tremblait de rage ; elle distingua aussi que, dans sa brillante auréole de lumière et de musique, la Sarrasine était bien malheureuse ; alors elle s'approcha du prince et lui dit :

– Messire, ne croyez-vous pas que ma dame Oriante a assez dansé et chanté, car je sais qu'elle est lasse ce soir ? Vous feriez bien de l'appeler et de l'engager à s'asseoir avec nous et ce chevalier revenu, qui parle si bien notre langue, afin qu'il nous aide à savoir la belle langue des chrétiens.

Avec empressement, le prince appela la Sarrasine et lui dit :

– Nous voulons que vous vous reposiez.

Puis à trois autres dames, dont la Savante :

– Asseyez-vous toutes.

Et sire Guillaume se trouvant auprès de la Sarrasine prit un visage bien paisible et souriant, malgré qu'il en eût, et se servit d'une ruse (tant la souffrance l'avait rendu différent du jeune chevalier candide qu'il était jadis). Il sut de sa voix la plus naturelle lui dire :

– Tu es un combattant, toi aussi, mais tu as mené la bataille mieux que les défenseurs de Qalaat. Tu commandes à tous ici, et de notre défaite tu es sortie victorieuse.

– C'est, dit-elle, que les femmes et les hommes ont des rôles différents dans la guerre et agissent, ceux-ci par force et celles-là par la ruse. Nous autres, nous n'avons qu'une ressource, c'est de plaire, et notre honneur, c'est de ne pas nous dégrader par l'indignité de ceux à qui nous décidons de plaire. Je serais morte sûrement si l'on m'avait attribuée à un soldat, ou bien j'aurais su l'enfiévrer au point qu'il serait devenu digne de régner. Mais je devais choisir le plus haut.

– Choisir ! dit-il d'un accent si douloureux qu'elle comprit sa faute et s'en irrita.

– Pourquoi me regardes-tu avec cette fureur ? Pourquoi fixes-tu ton esprit sur le secondaire, quand tu possèdes la meilleure part ? Pourquoi me reproches-tu celui que je subis, quand seul je t'appelle ?... Il ne me croit plus, dit-elle avec désespoir à Isabelle que leur débat épouvantait et qui cherchait à s'interposer. Il va me détester à cause d'une idée qu'il se fait... Écoute, par toi seul j'ai connu le plaisir, mais me blâmes-tu de me servir de ma raison ? Me commandes-tu de perdre l'usage de la raison ? Que dois-je faire ?

– Me montrer franchement ton cœur, dit-il avec désespoir.

À cette minute, le prince s'approcha :

– Messire Guillaume, vous admirez dame Oriante, mais bien peu savent tout ce que nous lui devons : c'est elle qui nous a guidés dans la forteresse et qui nous en a assuré les trésors.

Quel début, quelle annonce, tels qu'il ne servirait de rien d'obtenir que le narrateur s'en tînt là ! Ce sont des mots pour ruiner à jamais la confiance. Rien ne peut plus empêcher le malheur. Qui n'a pas éprouvé la stupeur de recueillir, sans oser faire un geste qui trahît son désespoir, une nouvelle formulée dans les termes les plus insipides et qui va pour toujours se développer en nous et nous transformer ? Qui n'a pas entendu, en se demandant s'il rêve, une parole glisser au fond de son être et tout y dénaturer, comme une fiole de poison versée dans la fontaine ?

– Un jour, à la fin du siège, dans le temps qu'il y eut la grande soif chez les défenseurs, je reçus un billet en langue arabe me disant : « Ce n'est plus qu'une affaire d'heures, la forteresse est à votre merci. Quand vous y serez entré, courez en hâte à la chambre du trésor, au sérail, dans le donjon. Frappez à sa porte de fer douze coups, divisés en deux groupes de six. Une femme y sera enfermée, celle qui, dans l'ombre, l'autre soir, vous a salué et appelé de son écharpe. Elle vous ouvrira et vous remettra, à vous seul, chevalier du Christ, sa vie et les richesses de Qalaat. » Ainsi ai-je fait, et les douze coups frappés, la porte aussitôt ouverte, cette femme-ci m'est apparue, debout et s'appuyant aux coffres étincelants. Sous le diadème, sa figure pâle respirait l'égarement d'une prophétesse, mais surmontant sa terreur par sa confiance dans sa beauté : « Voici, m'a-t-elle dit, les trésors de Qalaat. Les vaincus voulaient les enlever et m'entraîner avec eux. Je suis restée pour vous les offrir, parce que la fille des reines et des rois n'admet pas de vivre ou de mourir hors de son palais, et croit à votre magnanimité. » Sa voix, son regard, tout son corps étaient plus frémissants que les flammes irrésistibles qui commençaient d'embraser de toutes parts la ville prise, et que je fis éteindre. Saisi d'amour pour cette audacieuse, j'ai pensé qu'il me restait à conquérir en elle le fruit royal de ma victoire.

– Je n'ai plus qu'à mourir, dit sire Guillaume à Oriante, qui trop fière pour chercher aucune justification gardait un visage d'un calme effrayant. Qu'ils soient maudits, les souvenirs que nous avons en commun ! Plût au ciel que vous n'eussiez jamais existé ! Mon âme fuit avec horreur ce lieu irrespirable. Je sais à quelle déraison je vais me livrer, mais la déraison en moi est plus forte que la raison. Entrons hardiment dans cette carrière de douleur !

Et s'il ne saisit pas son amie par la main, pour l'entraîner avec lui dans l'abîme, ce fut moins par un reste d'amour que par haine, ne voulant plus qu'ils eussent rien en commun et préférant la solitude à ce mauvais compagnonnage dans la mort.

– Fille au sang de vipère ! lui dit-il à mi-voix en arabe.

Et tout haut, en s'adressant aux chevaliers francs qui remplissaient la salle :

– Ainsi, messires, votre belle conquête fut le fait d'une félonie, et le fruit d'un accord de votre lâcheté avec la trahison d'une femme païenne.

À peine a-t-il dit que déjà un des convives, de toutes ses forces, lui a lancé une lourde coupe qui le frappe au front et le renverse sanglant. Et plusieurs de le frapper !… Mais en même temps, Oriante s'est jetée à la poitrine du blasphémateur. Elle s'y est jetée vraiment comme un jeune tigre, poitrine contre poitrine. Qu'elle veuille le déchirer ou bien le préserver, elle est trempée du sang qui jaillit du front ouvert ; elle s'écroule avec lui sur le sol, et gêne par tant de zèle la première fureur de la meute féroce. C'est en vain que le jeune homme, dans les convulsions de la colère et de la souffrance, se débat contre ses ennemis et peut-être contre cette femme dont l'amour funeste l'a perdu ; il est serré comme par les anneaux d'un serpent par tout le corps de sa maîtresse : elle le protège avec ardeur et le couvre de paroles brûlantes, indistinctes pour tous, hors pour lui :

– Si vous mourez, dit-elle, que ce soit avec la certitude de mon amour.

Il repousse avec horreur cette caresse de la trahison et du désespoir. Cependant toutes les femmes, comme un essaim d'abeilles affolées, tournoient dans la salle. Elles craignent que le premier massacre ne recommence et que tant de sacrifices n'aient été inutiles. Seuls Isabelle et le vénérable évêque gardent leur raison au milieu de cette émeute brutale, où la seule chance de salut pour Guillaume est dans l'acharnement de ces hommes, si empressés à le frapper qu'ils s'en empêchent les uns les autres. Avec quelle peine enfin l'évêque arrive à faire entendre ses paroles de modération ! Il obtient que le coupable, déjà demi-mort, sera livré aux hommes d'armes, pour qu'ils en fassent bonne garde jusqu'à l'heure de le juger.

XVII

Les hommes d'armes emportent sire Guillaume et, nulle prison n'étant prête, le jettent dans une écurie. Ils le suspendent par les mains au plus haut du râtelier, de telle manière que ses pieds ne touchent pas terre et que tout son corps tire cruellement sur ses bras. Puis ils s'en vont, sans même prendre soin de fermer les portes, car il se mourait.

À peine sont-ils partis qu'Oriante et Isabelle qui les avaient suivis se glissent dans l'écurie. Elles y apportent leur pitié, des larmes et une ardente activité. Elles voudraient dénouer ou couper la corde qui suspend leur ami, mais elles n'y parviennent pas et se font reconnaître de lui sans parvenir à le secourir. Oriante le serrant de ses deux bras à la ceinture essaye de le soulever. Vains efforts ! Alors Isabelle, se courbant contre terre, presse le malheureux de poser ses pieds sur son dos pour se procurer quelque soulagement.

– Ange de la mort ! lui dit-il avec amour en se ranimant, et c'est elle seule qu'il veut voir.

Mais Oriante n'accepte pas qu'un brouillard, fût-il d'agonie, s'interpose entre aucune âme et son âme de feu et la rejette au second plan. À la fois tendre et impérieuse, son jeune visage appuyé contre le cœur de son amant, elle le somme de lui répondre :

– Vas-tu mourir en me haïssant ?

– En souffrant par toi, oui certes.

– Dis-moi comment j'aurais pu t'éviter cette souffrance ?

– Il fallait ne pas me trahir.

Ah ! Peu importe à Oriante la majesté de la mort ! De cette majesté même elle n'accepte pas les leçons.

– Te trahir ! dit-elle, et toi, comment nommes-tu ton refus, inavoué mais certain, de défendre Qalaat contre tes coreligionnaires chrétiens ? Tu nous avais engagés dans une résistance purement passive, où tu ne voyais, à part toi, aucun espoir sérieux de succès. Pourquoi ? Ah ! je te comprends. Tu ne pouvais pas frapper tes frères chrétiens. Mais à ton tour comprends ma nature ! Comprends qu'Oriante n'est pas née pour admettre qu'il y ait des vainqueurs qu'elle renonce à s'assujettir. Je ne pouvais pas me résigner à être comme une morte. Il faut connaître ce que sont les femmes, ou du moins leurs reines. Tu peux me demander de ne plus vivre ; c'est peut-être le devoir d'une femme de mourir avec celui qu'elle aime, mais, tant que je respire, il m'est impossible de ne pas obéir à la force royale qu'il y a en moi.

– C'est cette force royale que j'aimais en toi, et c'est d'elle que j'ai souffert et que je meurs. N'espère pas que je n'aie pas déchiffré à la longue tes paroles rusées, ton visage trompeur et quelque chose d'âpre et de calculé sous tant de rêves exaltés et tendres. Nul ne peut passer à la portée de ton regard ou de ton imagination, plus étincelante encore, que tu ne veuilles te l'assujettir. Que de fois, Lumière de ma vie, tu m'as déplu sans que je cesse de t'admirer et de t'adorer ! Personne ne pouvait empêcher que je ne fusse à ta discrétion dès l'instant que je te connus. « À la vie, à la mort ! » entendis-je alors mon cœur murmurer. Adieu, visage chéri, et qu'elle soit bénie, celle, plus douce que toi, dont tu m'as donné le secours. Puissiez-vous avoir, l'une et l'autre, autant de joies que tu m'as vu de peines !

– Injuste ami, sache donc, si je t'ai fait souffrir, que je t'aimais dans chacune de mes respirations, dans mes repas, dans mon sommeil, à toutes les minutes les plus humbles de ma vie, aux plus méchantes, si tu crois qu'il en fût ; et quand je ne pouvais être ton bonheur, j'ai voulu être ton tourment, plutôt qu'absente de tes heures. Mais je ne pouvais pas consentir à déserter le premier rang.

– Adieu, dit-il, voici le moment que nous avons toujours prévu et tel à peu près que je l'appelais, puisque ton amitié m'assiste. Merci de la coupe de vin que tu m'as donnée, le premier soir de ton chant. Depuis je n'ai plus cessé d'être ivre de bonheur et de malheur. Au seuil des ténèbres, je songe qu'entre toutes les femmes d'Asie la plus précieuse fut mon amie. Par toi j'ai connu tout l'éclat de la jeunesse, de la douleur et de la joie. Adieu, Beauté du monde et Raison de ma vie !

Elle l'écoutait, le serrait dans ses bras, le baisait au cœur et chantait d'une voix pressée des serments éternels d'amour :

– Prends ton repos en pleine confiance. C'est toi que j'attendais au jardin de l'Oronte, avant ta venue, et que j'ai reconnu ; toi que j'ai compris ne pouvoir pas écarter quand pour notre malheur, sois béni, tu réapparus, mon amour ; toi qui viens follement de nous perdre et que jusqu'à ma mort, si je dois te survivre, je conserverai dans mon cœur.

– Mourir et toi survivre ! suivez-moi toutes deux. Nous revivrons nos meilleures minutes dans une fixité éternelle. Ma bien-aimée, sortons ensemble de tout cela, et viens partager mon repos resserré.

Ainsi échangent-ils en paroles caressantes et tragiques les secrets de l'amour et de la mort… Cependant ils ne sont plus seuls. À la porte quelqu'un les écoute…

L'évêque n'a pu rester dans la salle du festin. Du premier jour qu'il a vu sire Guillaume, il a compati à ce jeune homme dont il comprend qu'on lui doit pour une bonne part les âmes de ces Sarrasines, et qu'il fut auprès d'elles un avant-courrier de la grâce. Tout à l'heure il a laissé les chevaliers à leurs beuveries ; par les couloirs obscurs il s'est fait conduire jusqu'au cachot improvisé du malheureux, et maintenant, la main sur la lourde porte à demi ouverte, il écoute ces chuchotements, ces plaintes, ces délires qui relient le ciel à la terre. Il entend ces suprêmes paroles de sire Guillaume à sa maîtresse :

– Je désire que ce soit Isabelle qui me tienne la main et me ferme les yeux. Votre image demeurera sous mes paupières baissées, mais j'ai confiance qu'Isabelle m'assistera plus sûrement que vous qui n'êtes pas née pour vous détourner, fût-ce une seconde, de votre personne. Cependant, je voudrais entendre jusqu'à la fin votre voix ; non pas vos pensées, qui sont mélangées, mais votre voix toute pleine du ciel où je désire aller… Ce n'est pas vous que j'aime, et même en vous, je hais bien des choses, mais vous m'avez donné sur terre l'idée du ciel, et j'aime cet ange invisible, pareil à vous, mais parfait, qui se tient au côté de votre humanité imparfaite… Adieu, meilleure que moi qui vous juge si durement et vous aime ; adieu, je vais m'agréger, dans l'étoile d'où vous venez, à l'éternelle perfection dont vous êtes une émanation… Et toi, ma chère Isabelle, merci !

Le vénérable évêque ne contient pas son émotion plus longtemps. Il se hâte de retourner à la salle des fêtes. Il y raconte aux chevaliers comment ces deux païennes aident ce rebelle à bien mourir et déjà lui ont entr'ouvert le ciel. Tous suivent le vieillard. Des porteurs de torches les encadrent et les accompagnent. Ils pénètrent en masse dans la pauvre écurie. Quel spectacle ! Ce jeune homme qui meurt, ces jeunes femmes qui l'assistent, ces visages délicats tourmentés par la fièvre, ces robes magnifiques déchirées et souillées de sang, Isabelle courbée contre terre qui s'épuise comme une sainte et comme une bête à soulever ce corps expiré, Oriante qui le presse dans ses bras, ce cadavre, ces deux beautés émouvantes comme l'amour et la compassion, tout révélait une crise, un éclatement, le plus haut point d'une tragédie à triple secret. Et ces hommes qui, la minute d'avant, haïssaient ce jeune guerrier et qui viennent de trouver leur plaisir à le frapper jusqu'à la mort, quand ils lui voient ces deux consolatrices, s'émerveillent : ils entourent d'une sorte de respect religieux cette brillante énigme poétique dont ils ne possèdent pas la clé.

Leurs pensées s'en allaient plus loin qu'ils n'éprouvaient le besoin de le dire, au moins à leur suzerain. Mais Oriante s'adresse à celui-ci, à l'évêque et à tous les chevaliers :

– Que n'aurais-je pas fait pour garder sire Guillaume à notre œuvre ! Vous vous êtes privés, messires, bien injustement, d'un frère, plus malheureux que coupable.

Et l'évêque :

— Il ne faut pas détester les morts ni les pleurer avec excès, mais il convient de construire sur leurs tombeaux. Que celui de sire Guillaume nous rappelle ses fautes, ses misères et son repentir ! Dame Oriante, vous obéissiez à une juste gratitude et à un instinct divin, en cherchant à ramener à la foi celui par qui vous l'aviez d'abord reçue. Près d'ici, dans un monastère élevé par nos soins à tous, nous ensevelirons sire Guillaume, et c'est vous, nobles dames converties, qui aurez la garde de ses restes. Vous-même, Oriante, après votre mort, vous y trouverez votre repos, et l'on déposera sur votre tombe l'offrande de tout un peuple enfin pleinement converti.

Il fait un geste, et tous s'agenouillent sur la paille de la pauvre écurie. Il bénit le corps en récitant les prières chrétiennes, que répètent tous les assistants. Puis avec les chevaliers il se retire, pour que les femmes puissent entonner les lamentations accoutumées, et c'est Isabelle qui, s'avançant d'un pas dans le cercle funèbre, les ouvre par ce gémissement du poète :

« Quand tu auras reçu les hommages du monde toute ta vie, ou que tu auras reposé avec ta bien-aimée toute ta vie, comme ton heure sonnera enfin, il te faudra partir, et ce sera un rêve que tu auras fait toute ta vie. Alors que tu aies été un amant sincère ou une autre Sémiramis, deux ou trois jours s'étant écoulés, il ne restera plus de toi qu'un conte. Eh bien ! tâche que ce soit un beau conte à conter dans les jardins de l'Oronte. »

Le conteur se tut. On n'entendait plus que le ruissellement des grandes roues hydrauliques, qui n'avaient pas cessé en puisant l'eau du fleuve de faire à son récit, dans cette nuit claire d'Asie, une orchestration de plainte, de pleurs et d'extravagance. Nous restâmes quelques minutes encore à écouter cette musique qui flotte depuis des siècles sans arrêt sur Hamah. Son plainchant, aussi bien que la magie de ce soir syrien, demeure mêlé étroitement au récit que je viens d'essayer de retracer. Comment exprimer les prestiges de ce poème d'opéra sur un fond de gémissement éternel ?

— Allons, me dit l'Irlandais, en regardant sa montre, voici deux heures du matin, il est temps d'aller dormir.

Il logeait à la gare du chemin de fer dans une chambre que la compagnie tient à la disposition des voyageurs recommandés, et moi j'allais retrouver, sur une voie de garage, le wagon qui m'avait amené. Nous fîmes route ensemble, assaillis de fois à autre par les aboiements de grands chiens que nous dérangions, et continuant à remuer ces images d'amour et de souffrance.

– Ah ! j'oubliais, me dit mon compagnon au moment de nous séparer, j'oubliais de vous signaler ce qu'à sa dernière page le rédacteur du manuscrit raconte, qu'enfant il a connu la belle Oriante, devenue l'abbesse suzeraine du monastère de Qalaat-El-Abidin, et qu'il tient son récit de son aïeule, Isabelle la Savante, étant issu lui-même, à la troisième génération, d'un mariage qu'elle fit, peu après la mort tragique de Guillaume, avec un des chevaliers du prince d'Antioche.